# ZUI

Zestful Unique Ideal

最世文化

Shanghai ZUI co.,Ltd

# 约克公园

陈晨 \ 著

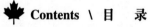 **Contents \ 目　录**

# Prelude

# 序　章

## 那些从冬天开始的故事

有一种冬天叫加拿大的冬天，盛大、漫长、决绝。

2006年的冬天，我独自一人前往多伦多留学。我的故事，我的人生，就是在那个曾经被叫作"约克"的城市里正式拉开序幕的。

七年后，在2013年的冬天，当我回到那片北国大地，当我以为那些，我不想去记得却又深深刻在记忆里的往事可以画上句号的时候，我没有想到，我会再次遇见冯晖。

这算是一次迟来的蜜月旅行，在结婚三年后，丈夫突然提出来要和我出国旅行一次，算是弥补没有和我一起蜜月旅行过的遗憾。

"去哪里？近一点儿的话，就新马泰。远一点儿的话，欧洲不错。去那里过圣诞节，氛围应该挺好的。"丈夫坐在沙发上，边翻着旅游杂志边说。

"去加拿大吧，我想回去看看。"我想了想，然后说。

“也行。”他马上就答应了下来。

这么多年来，这个男人对我说得最多的，就是“可以”“好的”“听你的吧”，但我知道他的顺从绝不是因为他懦弱或者没主见，那是因为他爱我。

临行前，虽然知道带着孩子的旅行有诸多麻烦，但是，我还是决定带上一岁多的儿子。一路上他都很乖，长达十五个小时的飞行，他都不哭不闹。

我们的旅行从纽约开始，然后一路北上。根据丈夫的提议，我们在连锁的汽车公司租了汽车，准备自驾车从美国到加拿大。在12月来加拿大，并不是最佳的出行时机，时常暴雪，气温低至零下20摄氏度，庆幸的是，我们刚抵达的那几天，天气一直不错。

沿着高速公路，从纽约到美加边境的水牛城，沿途经过一些不知名的小镇。在水牛城过关之后，我们就算正式踏上加拿大的土地了。车窗外，冬日里的平原比往日里显得更加荒凉辽阔，我一直觉得那种萧索的孤寂感是加拿大独有的，好像一个无言的孤独老人，沉默，却有故事。不过，对于坐在旁边握着方向盘，打着哈欠，一脸略显疲惫的丈夫来说，我想他是不会懂的。

是的，如果你不曾在这片土地上留下过什么，你是不会喜欢这片广袤荒凉的北国大地的。

车已经在高速公路上行驶了八个多小时，马上就要抵达多伦多了。

这个我曾经生活了四年多的城市。不知道为何，我却并不想在那里多停留。今天晚上抵达，明天带着丈夫和儿子在市区走马观花地游览一下，后天就准备前往下一站。

当车进入多伦多市区的时候，天空悄无声息地开始飘起了鹅毛大雪。车窗前的雨刮不停地摇摆，路边的车辆都行驶缓慢。人们顶着风雪，裹着大衣在街上走。

我们的车渐渐驶进了唐人街，丈夫看着街边五花八门的中餐馆，啧啧地说："今晚一定要吃一顿正宗的中国菜。"可见这些天的西餐早把他的胃给憋坏了。

然而，正当我想给他推荐那家我之前经常去的川菜馆的时候，车窗前突然一晃，一个黑影伴随着刺耳的急刹车声，"啪"的一声撞在了车上。

"糟糕，闯了个黄灯，撞上人了。"丈夫急匆匆地停下车，然后打开车门，冲到了外面。

我坐在车里，抱着孩子焦急万分。完了，这可是在加拿大开车撞了人，如果严重的话，还有可能要被监禁。

然而，正当我努力控制着自己的情绪，想着接下来该怎么办的时候，被撞的那个黑影不紧不慢地从地上爬了起来。模糊的车窗外，我看到了一张长满胡楂，普通男人的脸。但是，有那么一瞬间，我却觉得那张脸有一种莫名的熟悉感。于是，我抱着孩子，走下了车。

车外的风雪太大，我捂着孩子的头，把他埋进自己的大衣里。

那个男人，穿着一件普通的黑色羽绒外套，戴着一个浅灰色的毛线帽。他的自行车倒在雪地里，前轮的轴子已经被撞歪，车上的外卖盒散落一地。他狼狈地拍打着衣服上泥泞的雪水，当他抬起头的那一瞬间，我怔住了。

"冯晖？！"我几乎是不假思索地叫出了这个名字。虽然他已长满胡楂，但我依旧能肯定的认出他。

"怎么？你认识？"身旁的丈夫惊讶地问。

他抬起头看了我一眼，几片雪花从他杂乱的刘海上抖落了下来。虽然他的表情是那么地漫不经心，但是我依然能从他的眼神里看出一丝惊讶。

"我是路遥啊，原来……原来你一直留在了多伦多？"我凝望着他的脸。

"对不起，小姐。你认错人了。我是京味轩餐馆送外卖的，我叫王凯。"他不紧不慢地说，淡定的样子一点都不像是刚被车撞过的人。

"冯晖……"正当我要继续说的时候，他打断了我的话。"小姐，如果我没有记错的话，刚才是你们闯了黄灯。地上打翻的四个外卖，你要赔我。"他冷冷地说。

"好好好，多少钱？"丈夫赶紧掏出钱包，看到人没事，他暗暗地松了一口气。

"还有这辆自行车，前面被撞坏了，修一下，至少要二十刀。"他继续说。

"总共给你三百刀，够了吗？"丈夫从钱包里掏出三张暗黄色的加币，"你身上没事吧？再给你两百刀，你去医院检查检查吧。"丈夫又从钱包里抽出两张。

他摆了摆手，淡淡地说："不用了，三百够了。"

他把被撞坏的自行车从雪地里扶了起来。然后，他蹲下身子，不紧不慢地把散落一地的外卖盒从地上捡起来，塞进那只黑色的大塑料袋里。风雪里，我看着他恍惚的脸，虽然已经时隔好几年没见，但我一万个笃定，他就是冯晖。

他收拾好地上被打翻的外卖盒，然后跨上自行车，正当他准备离开的时候，他从羽绒服的口袋里哆哆嗦嗦地递过来一张卡片，然后说："这是我们餐馆的名片，如果想要订餐，可以打上面的电话。"他说完，就骑上自行车"吱吱呀呀"地消失在了那片迷蒙的大雪里。

车上，丈夫有些好奇地问我："你真的认识他？"

"我确定，他肯定是冯晖。"我坚定地说。

"但是，他怎么不承认呢？"丈夫问。

我想了想，然后无奈地笑了笑："谁知道呢。"

"莫非，他是你以前的男朋友？"丈夫佯装打趣问我。

呵呵，如果事实真如他所猜想的那样简单，那该有多好。只是，我们真实的故事，往往比别人想象中的狗血情节要残酷得多。我看着眼前这片迷蒙的风雪，还有在风雪里穿梭着的形形色色的车辆和人群。有一种错觉，我好像回到了六年前。

　　——那年，也是这样的风雪夜，我一个人从图书馆里走出来。从学校到约克公园附近我住的那栋老房子，大概要走二十多分钟。我踩着泥泞的雪水走过唐人街，深夜十二点的多伦多，也只有唐人街的几家餐馆还开着门。橱窗里，几个和我一样的中国留学生坐在暖洋洋的灯光下吃着饺子，谈笑风生。而我却拖着一个空虚的胃站在窗外寒冷的风雪里。但我没心思去羡慕他们，我的脑海里只有明天的测试，还有下个月的生活费。然而，每次在我觉得窘迫的时候，却总有些事情会发生。正在这时，手机在羽绒服的口袋里微弱地振动起来，我在路灯下，打开手机看到了冯晖发给我的短信，然后暖洋洋地笑了。

　　在那样孤独艰难的日子里，我却觉得，自己是这个世界上最幸福的人。

# Chapter 01

# 第 一 章

如果你对多伦多这个城市还不是很了解。那么，只要跟随我去几个同学的家，你就能对它了解个大概了。

临安安，上海女孩，她住在约克威尔区的高级公寓里。约克威尔在多伦多，就相当于上东区在纽约般的存在，是多伦多绝对的上流社区。虽然，约克威尔紧挨着奢侈品牌云集的布洛尔街，但整个约克威尔却像是一个精致低调的大花园，到处都是维多利亚式的古建筑，古董店、高级服装定制店、咖啡馆、餐厅……当附近布洛尔街上的年轻人正为买到一只名牌包包欣喜若狂的时候，住在一街之隔的约克威尔里的富人们，早已开始玩起了古董和钻石。

全加拿大唯一的一家Vera Wang婚纱专卖店，就驻扎在临安安住的那栋高级公寓楼下。当我第一次去临安安家的时候，让我记忆深刻的，并不是她家，而是楼下的这家婚纱店。我并不知道什么Vera Wang，也根本想象不到橱窗里的那些婚纱会有多贵，我只是觉得好美，一种离我很遥远的美。

但是临安安却很不屑，她说："买Vera Wang的婚纱一定要去纽约。"而我看了看Vera Wang的名字，心想，这应该是一个中国人。于是问她："为什么不去北京？"

临安安的爸爸是上海的一家装修公司的老板，妈妈是高级会计师。在她妈妈的年代里，上海流传着那么一句话：一等上海女人漂洋过海，二等上海女人港澳珠海，三等上海女人留在上海。虽然现在临家的生活水平远超港澳，但她或多或少为自己没能"漂洋过海"而感到不甘心。所以，从临安安念书的那天起，她就发誓一定要让自己的女儿去国外接受教育。临安安从小就在上海的私立外国语学校念书，高中那年来到加拿大，现在顺理成章地在多伦多念大学。她说着一口比很多中国留学生都要流利的美语，让很多人都以为她是CBC（Canadian born Chinese，在加拿大长大的中国人）。

第一次见到临安安的时候，她正在和几个白人同学热络地聊天。看着她那张标致的脸和精致的妆容，还有她全身我不知道是什么牌子，但一看就知道不便宜的穿着打扮，我自卑地以为，她并不是一个好相处的女孩。可是我错了，虽然她过惯了养尊处优的日子，却是一个性格随和得不能再随和的女孩。她可以和我一起坐在图书馆门口的走廊上吃着从学校餐车上买来的盒饭，也可以把她的一些小秘密告诉我——即使我和她的关系，在我看来还只是普通同学。

我们刚认识的时候，她正在和一个叫Harry的韩国男生谈恋爱。那个韩国人是她的高中同学，她对自己的恋情从来不遮遮掩掩，她很大方地带着她男朋友来和班上的同学一起聚餐。我看到那个韩国男孩，是很标准的韩国帅哥长相，丹凤眼，皮肤白皙，只是性格有些内向，不爱说话。

这段恋情在大学生活开始的半年后告终，分手的原因我没有问。但是，有一点让我觉得临安安和其他的女孩不同，很多女孩在分手后都会抱怨男朋友哪里哪里对自己不好。然而，对于临安安来说，不管哪一段恋情，她保留的，永远都是美好的那一部分。即使在分手后，临安安偶尔提到他，也都是说他对自己好的地方。有一天下大雨，多伦多的地铁被淹了水停运了，我和临安安撑着伞走在大街上，街的两边站满了下班不知如何回家的人们。临安安突然对我说："不知道Harry怎么回家，他家在怡陶碧谷（多伦多西部郊区）。"在这样的下雨天，她还想着他，挂念着他。不知道为何，身为局外人的我，有些感动。

　　直到那一次，我在校门口的汉堡店无意撞见Harry，我才知道了他们分手的原因。

　　"Lu？"他单肩背着书包，有些羞涩地朝我打了一个招呼。

　　"嗨，Harry。"我有些尴尬，因为我们只是一起吃过几次饭的泛泛之交而已。

　　"你还好吗？"他问我，这在加拿大只是很普通的问候。

　　"挺好的。"我笑笑。

　　"那……Ann呢？她现在怎么样？"他低了低头。

　　"她也挺好的。"我说。

　　"嗯，那就好，我希望她过得好。"他低着头说。我们沿着街边的小道走进校园里。

　　"我听说，是你提的分手？"没有想打听八卦的意思，我只是害怕尴尬随意开了一个话题。

　　"嗯。"他点了点头。

　　"为什么呢？"当顺势问出口的时候，我才知道我有些失礼了，"不好意思，我没有想打听你隐私的意思。"我有些匆忙地解释道。

　　"呵呵。"他笑了笑，笑容里夹杂着一些苦涩。

　　"因为，她太优秀了。而我……比她差太多了。"

"天啊，Harry，你这是什么旧思想，我们现在在加拿大！"我有些诧异他说的话。

"在我们韩国，就是这样的。女生如果比男生优秀太多，对男生来说，是一件尴尬又不光彩的事情。"

"你们只是谈恋爱而已，又不是要结婚。"我无奈地摆了摆手。

"嗯，但是，就算谈恋爱，她也应该拥有更好的。"他低了低头。

我听临安安提起过Harry。八岁那年，他和父母一起移民来到加拿大，他爸爸之前在韩国是工程师，算是很不错的职业，妈妈是家庭主妇。但是，因为语言、文化等种种问题，他爸爸在多伦多一直没有找到好的工作，直到现在还只是在商店里当售货员。他说，他爸爸是因为他的教育才放弃在韩国体面的工作来到这里。在多伦多生活的日子，他们家一直过得不宽裕，甚至要靠领政府救济金生活。和大部分加拿大的家庭不同，移民十多年了，他们到现在还没有自己的房子，只是租住在郊区的一个小公寓里。在这个陌生又遥远的国家，他说，他父母唯一的希望，就是他了。

所以，我能体会到他的人生是过得多么小心翼翼。害怕失败，害怕亏欠，甚至害怕太美好的事物。因为，那些东西让他觉得隐隐不安，好像不该拥有它。

我懂那种无力的自卑感，看着眼前这个有些自卑的漂亮韩国男孩，就如同在解读我自己。

除了Harry，临安安在学校里也不乏大群的追求者。付寒就是其中一位。

和临安安一样，付寒也是一位不折不扣的富二代。他来自"钱塘自古繁华"的浙江，父亲是房地产商。他住在市中心安大略湖边的高层公寓里。十九岁那年，当他拿到多伦多大学的录取通知书，他的父母在开学的前一个月欢天喜地地飞到多伦多，然后买下这个背靠金融区、打开窗户就是一望无垠的安大略湖的高级公寓，作为给儿子考上大学的奖励。

作为临安安的追求者，付寒开着跑车在校门口堵过临安安，也假惺惺地提着中国餐厅买的便当坐在图书馆门口等过她。

虽然我觉得和像付寒这样的男孩子谈恋爱，多半都不会长久，也不靠谱。但是，说实话，就付寒本人来说，我想象不到一个女孩子有什么理由可以拒绝他。一米八的个子，又长着一张颇像台湾偶像剧男星的脸，虽然说富二代总给人玩物丧志的感觉，但是，他好歹也考上了北美一流的大学——虽然，后来我听说多半是因为他父母找了国内最贵的中介，写了完美无缺的入学陈述材料。

晚上十一点多，我和临安安从学校的图书馆里走出来，然后准备各自搭电车回家。刚走出校门口，就看到了付寒那辆比钢琴烤漆还白亮的跑车。

"临安安，上车，我送你回家。"付寒朝临安安挥了挥手，命令式的语气直接又倔强。

"不用，我自己走回家。"临安安不屑地瞥了付寒一眼。

"小心黑叔叔打劫你。"付寒邪邪地笑了笑。

"那我坐电车回去！"临安安挽起我的手，背过付寒扭头就走。

看着付寒开着车可怜兮兮地等在路灯下的样子，我忍不住问临安安："你为什么不喜欢他？"

"我为什么要喜欢他？"临安安依旧一副不屑的表情。

"其实，我觉得他人不坏。"我说。

"路遥，可能你不了解，像付寒这样的男孩子，我见得太多了。表面上风流倜傥玉树临风的样子，其实幼稚得要命。对于他们来说，谈恋爱更像是闯关游戏，越冒险，困难越大，他们越要往前冲，因为他们不计较什么代价，也有资本。对于这种男生来说，得不到的永远是好的。得到了，立马就丧失兴趣厌倦了。女人、车子、房子……都一样。"

我默默地点点头，半知半解地听完了临安安说的话。

"而且，他有的，有什么是我没有的？他的那些东西，我才不稀罕。我想要的，只有爱情。"临安安扬了扬头。

昏黄的路灯下，我侧过头，看着临安安那张精致的脸。我忽然觉得，临安安虽然单纯，但她并不天真，她比我想象的要聪明得多。她的身上总有一种浑然天成的傲气，她说出的每一句话，对未来的每一个幻想，都是有底气的。

我真羡慕她，带着一点点嫉妒的羡慕。

"而且，我不喜欢和中国人谈恋爱。"她继续说。

我虽然问的是"为什么"，可心里想的却是"崇洋媚外"。

"因为中国人麻烦。"她直截了当地说，"暂且不说很多人谈恋爱根本不光是因为爱情本身，就算为了爱情，才刚享受了恋爱没多久，就想着结婚。而且光想着结婚还不够，还得考虑房子、婆媳关系、亲家关系，甚至还有生辰八字。中国人就是喜欢给自己加精神枷锁，自我绑架。我的天，恋个爱而已，何必这么累。而且，如果出了什么事，倒霉的总是女人，有了外遇，是女人不够有魅力；生不出孩子，是卵巢不够健康；孩子不争气，那更是女人的错，男人似乎只要赚钱就够了。不过，就算真是这样，真的赚够钱的中国男人，又有几个？"临安安说的头头是道。

"你呢路遥？你想和外国人谈恋爱吗？"她突然问我。

我居然很认真地想了想，然后摇了摇头。

"为什么呀？"她好奇地问。

我顿了顿，然后有些不好意思地说："那个……我不太喜欢男生有太多……毛……"

她听了"扑哧"一声大笑了起来："你呀你，还真是个小孩子。"她像个大姐姐一样摸摸我的头。

她说的一点都没有错，和她相比，我确实是个小孩子。我懂的真的太少。

有很多事情，我们必须承认，我们从一开始就输在了起跑线上。我们的出生地点决定了我们的国籍，决定着我们以后拿的护照可以任意去十个非洲国家还是十个欧洲国家。我们父母的基因，决定了我们的外貌、智商、情商——这三个决定我们人生成败的重要因素。似乎我们的命运，在我们还没有正式降临到这个世界上的时候，就早已布局完整。

这么说你有可能会不太服气，但是，当我每次面对像临安安、付寒这样的同学的时候，我就是这么悲观地觉得的。

从学校出来，走到布洛尔街，然后一直朝西走，便是韩国城。凌晨时分的多伦多，也只有韩国城的餐厅还没有打烊。在北美的大城市里，韩国城绝对是一个奇葩的存在，当城市的其他店铺和餐厅都在晚上八点开始陆陆续续关门的时候，韩国城却像一个小不夜城、卡拉OK、夜店、餐馆……即便是在这样下着大雪的冬夜里，韩国城的小巷里，依旧还穿梭着穿着光鲜亮丽的年轻男女们，比如我们。

那家韩国餐厅叫"猫头鹰"，韩式的猪骨汤和拌饭是它的招牌。如同它的名字一样，它是多伦多为数不多的通宵营业的餐厅。

凌晨十二点多，那家餐厅却热闹得不像是在午夜。深夜来这里的，除了刚从酒吧散场的朋克青年，就是夜归的留学生了。

坐在我面前的，就是我的那几位从大学刚开始的时候就赢在起跑线上的同学了。虽然多伦多大学里到处都是黄皮肤黑眼睛的面孔，但是，在我就读的"传媒研究"专业里，中国留学生却少得可怜。所以，我们很自然得就混在了一起。这家韩国餐厅，是我们的根据地之一。

每一次，我们的聊天内容都会自然而然地转向一个固定的话题。这一次，我们的话题从选修课聊到了"来多伦多做的第一件事情"。

有人说，是去看了尼亚加拉大瀑布。有人说，是去登了CN塔。而轮到了临安安，她轻描淡写地说："我只记得第一晚我住在Windsor Arm Hotel。"在场似乎没有人知道这个酒店，而我对这个酒店唯一的印象，就是每年的多伦多电影节，都会有很多狗仔记者去那个酒店围堵好莱坞明星。

接下来是付寒，他用一种和临安安极其相像的语气说："我买了个房子。"

从这点看来，他们真的是极其般配。尽管临安安并没有这样认为。

当然，并不是所有的留学生都像临安安和付寒这样，他们只是少数。如果我身边大部分的同学都像他们这样，那我的生活也未免太绝望了点。大部分的留学生，都过着和很多人合租着一个公寓，白天读书，晚上就回家做饭的枯燥生活。出国留学，早已不是一件高门槛的事情。而留学生活，也并不像很多人想象的那样丰富多彩。而我，大概就是这"大部分"其中的一员。

终于说到我了，我叫路遥，来自浙江一个叫镇海的普通小城。和很多来自中国大城市的留学生不同，多伦多满足了我对大城市所有的幻想。第一次出国，第一次坐飞机，第一次坐地铁，第一次喝星巴克……你可能不会想到，当我第一次走出多伦多最繁忙的联合车站，站在金融区的十字路口，看着周围那些肤色不同行色匆匆的人，当时的我竟然有点湿了眼眶。请原谅没见过什么世面的人总是有些矫情，那一刻，我突然觉得有种说不出来的感动。每个人，不管来自什么国家，什么民族，都在这个城市里努力地生活着。而我，也有可能会变成他们其中的一员。

活了二十年，那是我第一次感受到了未来带给我的力量。我就这样站在繁忙的街口，傻傻地想着。

那就是我来到这个城市，第一个直观的感受。

我的父母都是税务局里的小职工，虽然顶着"公务员"这个体面的头衔，每个月的薪水却仅够一家三口的正常支出。每年至少二十万的留学费用，对于我家来说，简直就是一个天文数字。但是，我爸妈却执意要送我出国读书。我不知道他们从哪里弄来了这笔钱，问了他们也只是支支吾吾地不说。

直到我来到加拿大半年后，才知道了答案。

那天早晨，我照例给家里打电话。十二个小时的时差，中国当时是晚上八点多。

"爸？"电话接通了。

"喂，遥遥吗？我……我出门和你说，你先等一下。"电话里，爸爸的语气有些支支吾吾的，似乎是刻意压低着声音和我说话。

"怎么了？妈妈在做什么？"我敏感地察觉到了似乎有一些反常，往常这个时候，妈妈一定在旁边唠叨着要和我说话。

"噢，是这样的，刚才和你妈吵架了。"爸爸吞吞吐吐地说。

"吵架？为什么啊？"我有些诧异。

"哎，也没什么事……"

"快说，否则我没心思看书了。"我的语气变得有些急躁起来。

"是为了房子的事情。"电话里，爸爸的声音停顿了一下，然后继续说，"其实之前一直没有告诉你，为了供你出国读书，我们把你外公留给我们的那套房子卖了。"

"卖了？！东海花园的那个房子吗？"我惊讶地说。

"是的，之前怕给你太大的压力，所以一直没告诉你。不过，为了能让你去加拿大读书，卖这个房子我们一点犹豫都没有。只是，才刚卖掉，房价就突然开始上涨，才不到半年的工夫，那套房子已经涨了快一倍。你也知道你妈的性格，加上现在更年期，所以最近有点想不开。"

我握着电话，突然说不出话来，一种强烈的负罪感包围着我。我觉得自己像一个拿着父母的血去卖的罪人。挂完爸爸的电话后，我扑到床上狠狠地哭了一场，那是我在多伦多第一次哭。

一个星期后，我从学生公寓里搬出来，搬进了校外房租更便宜的出租屋里。

　　终于说到我住的地方了，沿着从安大略湖的湖边开始起点的士巴丹拿道一直往北，经过时尚区、皇后西街……然后，你会看到密密麻麻的繁体字招牌，那便是中国城了。我就住在中国城附近的登打士西街——那一片低矮的独立屋里。

　　这些独栋的房子，在国内可能被称为别墅，在加拿大却是再普通不过的建筑。和郊区的独立屋不同，市中心的独立屋大多年代久远，房子问题多，面积也小。相比公寓，独立屋的出租价格要低的多。

　　我在网上找到这个房子，里面一个卧室的租金，只是我现在学生公寓的一半。但是天下没有免费的午餐，当我看到那个房子的时候，我有点被吓到了。别看它外表漆着红砖，好似一栋别致的老欧洲建筑。屋子里灯光昏暗，充斥着一股鱼龙混杂的味道，厨房堆满了油腻的锅碗瓢盆，木楼梯走起来会发出"吱呀吱呀"的声音，房东准备租给我的，就是三楼那个朝北的、晒不进阳光，里面只有一块脏兮兮的床垫的房间。

　　看我一脸犹豫的样子，操着福建口音的房东连忙说："小姑娘，我是看你是学生，才给你这么优惠的价格。"

　　"这栋屋子里住了多少人？"我问。

　　"哎呀，没有多少人。你这楼就只有两户，二楼有三户。对了，和你住同一楼的，也是个过来留学的女生哦。"

　　"噢？"一想到对门住着的也是个留学生，不知道为何，我心安了很多。

　　最终，我还是租下了这个阴暗的小屋子。虽然这里的环境和学校的学生公寓天差地别。但是，一想到每个月可以节省下来将近五百加币的房租，我内心的愧疚感还是少了一些。

　　那年10月，我拉着两个行李箱，大包小包地搬进了登打士西街这栋红砖墙的独立屋里。我一个人把那张旧床垫抬到楼下的花园上去晒，然后再一个人把它抬上楼。忙忙碌碌了一天，等全部收拾好之后，窗外的天色已接近黄昏。

整个10月，都属于加拿大最美丽又最短暂的秋季。我趴在房间的窗台上，便可以看到楼下街道两边种得密密麻麻的枫树。黄色的枫叶伴着微凉的风徐徐落下，整条街道都被包裹在这片宁静之中。我丝毫没有想到，这份宁静，其实和死亡有关。

手机铃响起，是临安安。她约我晚上一起去学校图书馆讨论论文的材料。我疲倦地在电话里答应了她，合上手机之后，我却赖在床上怎么也不想再爬起来。从小到大，我一直是一个不怎么懂得拒绝别人的人，更何况是面对临安安这样的女孩。其实，我一直不明白为什么临安安总是愿意和我在一起，她说的很多衣品牌我连听都没听说过，她口中的那些好吃的餐厅，我连菜单都不敢看。我和她除了学习，实在找不出其他的共同语言。想了很久，我觉得答案只能是——我们专业里的中国留学生太少了，特别是女生。

而在留学生的圈子里，总是充斥着各种眉飞色舞的八卦，尽管谁都知道这些八卦的真实性往往会打个折扣。不过，这似乎是很多留学生在平淡又枯燥的生活里，唯一一点可以说得绘声绘色的东西。比如，哪个女生只是为了省房租，就和别人同居，最后还被甩。比如谁谁有显赫的家庭背景。比如谁谁背的名牌包都是假的……刚去多伦多的时候，在课间和几个中国学生在一起，当她们说起这些八卦的时候，我总是在旁边当一个倾听者——或者说，连倾听者都不愿意当。我一向都认为这是因为我不会交际，性格内向。直到我认识了临安安，她是少数几个，从来不讨论任何别人八卦的女生之一。

后来，我试探性地问了她原因，她回答我的答案是，谈论别人是非是一件非常cheap的事情。她用了cheap这个词，廉价。听完之后，我在心里默默地给她点了一个赞。

这也或许是另一个，她和我虽然是如此不同，但我却仍旧非常愿意和她做好朋友的原因。

而有的中国女生，则像一个谜。比如高漩，她会说中文，但是却不是国际学生。她是新移民，来自加拿大北部的蒙特利尔。我对那个城市的了解，仅仅在于"说法语""冷""很像欧洲"，仅此而已。

刚入学的时候，临安安就一心拉她入伙，她却表现得异常冷淡。不管和她说什么，她都一副爱理不理的样子。除了上课，几乎在其他时间都看不到她的人影，她总是形单影只，一个人上课，一个人离开学校，也没有人知道她住在哪里，平时都在做些什么。

我并不是一个容易对事物产生好奇的人，也没有时间和精力去猜测别人的生活。每天，我除了去教室上课就是待在图书馆，我几乎把所有的精力都花在了学习上。我以为我接下来几年的人生，不过是在这个城市里用功读书，然后实习、毕业、找工作，仅此而已。我并没有奢望谁的出现，也完全没有想到，我的命运，我人生的巨大转变，都和这个叫高漩的女孩，有着不可分离的联系。

深夜十一点多，和临安安在图书馆分别之后，我独自沿着小路走回家。从学校到我现在租的那个房子，路程不算近也不算远。在多伦多走夜路对女生来说并不安全，但是我却怎么也舍不得花三加币坐电车。昏暗的路灯下，我加快了步伐。

我家附近的那一片住宅区，靠近中国城，属于三教九流的混杂之地，治安并不算好。深夜的登打士西街空无一人，快走到家门口的时候，我突然看到在那一栋栋的独立屋之间，有一个不起眼的公园，我有些好奇地走了过去。

那显然是一个已经被遗忘废弃的公园，只有两三张破旧的长椅。但是，如此荒凉的深处，却有一个不起眼的教堂，灰白色的墙壁，尖尖的顶，如果不是那被人擦得发亮的花玻璃，还有从阁楼里透出来的昏暗灯光，我会以为它像这个公园一样，早已被人废弃遗忘。

公园虽然破旧，但里面的枫树却长得茂盛，秋风飒飒地吹过，夜影下的枫树林显得幽静又神秘。我无意瞥见了立在公园边上的那一块牌子，多伦多的每一个公园，都会有这样的一个牌子，上面标记着公园的名字、日期、历史。

昏蓝色的夜色下，我凑近那个牌子，模糊地看清了那几个已经脱漆的英文单词。

——York Park，1923.

约克公园，1923。只是，不知道是在哪一年开始就被人遗忘了，才落下了这片荒凉的美。凄凉的月色下，眼前的这条铺满枫叶的马路空无一人，我忍不住打了一个寒战，心想快点回家才是正经事。

走到那栋红砖老屋前，我从口袋里摸索出钥匙，然后打开了门。我打开楼梯上的电灯，准备上楼。然而就在这个时候，我听到了窸窸窣窣的交谈声从楼下的地下室里传来，而且并不仅仅是一个人的声音。我停下脚步，往通往地下室的那扇门凑近了耳朵——是一群男人在窃窃低语的声音，而且说的不是英语，也不是普通话，似乎是某个地方的方言。正当我皱着眉头想听清楚他们在说什么的时候，那扇门猛地被打了开来。

我一惊，整个人差点摔倒在地板上。

透过里面烟雾寥寥的昏暗灯光，我看到了地下室里的景象——狭小拥挤，而且堆满杂物的地下室里，至少挤着七八个穿着脏夹克的男人，他们正在对着抽风口抽烟。此时的我正和他们每一个人四目相对。

我惊慌地撑起身子，正当我转身之后，眼前突然闪过一张熟悉又陌生的脸。

是高漩。

# Chapter 02

# 第 二 章

正当我面对着地下室里的那七八个陌生男人而感到手足无措的时候，高漩紧紧地抓住我的手，然后，不紧不慢地走到前面。

"不好意思。"她轻轻地关上了地下室的门，然后拽起我的手拉我上楼。

——时隔多年，我依旧能从那段混浊的记忆里回忆起那个长镜头。对于我而言，在那栋充满着诡异陌生人气味的老房子里，那是我们第一次正式的相遇。她用冰凉的手拽着当时有些惊慌的我，旧房子的木楼梯走起来会发出"吱呀吱呀"的响声，走道上的昏暗灯光，无力得似乎随时会熄灭。从一楼到三楼，我却觉得漫长得像穿越了一个世纪。

直到我气喘吁吁地跑到三楼的房间门口，才心安地舒了一口气。

"你……也住在这里？"我看着高漩那张若无其事的脸，小声地问道。

"是的，挺巧的啊。"她似乎并没有太过惊讶。

"他们……他们是谁？"回归到了正题，一想到刚才地下室里那七八双虎视眈眈的眼睛，我就一阵后怕。

"租客，和我们一样。"高漩平静得像没发生过什么事似的。

我突然想到了什么，然后凑近高漩，紧张地问："他们是不是偷渡客？"

高漩笑了笑，然后说："如果是有身份的人，就去申请政府廉租房了，还用得着挤在这里？"

我倒吸了一口凉气。

"我们要不要去报警？"我佯装出冷静的样子。

"如果你去报警，明天我们可能也不能住在这里了。房东把这个房子分租给了十多个人，这本身就是违法的。明天警察一来，把房子一封，我们也会流落街头。"

"那怎么办？"

"装作什么都不知道。"高漩说完就转过身，走进了房间，只留下我一个人站在空荡荡的走廊上。

微凉的风从虚掩的窗外吹来，我随手关上了窗子。隔绝了窗外的喧嚣，整个屋子在刹那间静了下来，这股诡异的安静让我忍不住打了一个寒战。我赶紧掏出钥匙打开房门，回到了自己的房间里。


从那天开始，尽管我的房门是有保险锁的。但是每天晚上睡觉的时候，我都会用房间里的唯一一张木头椅子死死地抵住房门。我甚至把一只玻璃杯放在椅子的边缘处，自作聪明地想，如果半夜有人闯进来，玻璃杯摔在地上的破碎声就能把我吵醒。

虽然我那么提心吊胆，但是日子却如那年的秋天一样平静。自从那次误打误撞的相遇之后，我和住在地下室的那几个男人就没有了任何的交集。他们从来不在家里活动，一大早就出门，有时傍晚回来，有时在深夜回来。我不知道他们在做什么，也不关心。但我知道这种"不关心"，并不是因为不好奇，而是因为害怕。

我只是偶尔在回家的时候，看到他们五六成群地蹲在院子里抽烟。他们把我当空气似的，不和我打招呼，甚至都没有多看我一眼。撞见他们的次数多了之后，我渐渐注意到了一个瘦弱的男孩，每次那些男人在抽烟的时候，他总是若有所思地蹲在院子里不说话。他的皮肤有些黝黑，眼睛却没有那般混浊，透亮透亮的。他在那群比他年纪至少大十岁的男人里，显得特别突兀。

他来加拿大做什么？也是偷渡来的？我边从包里拿出钥匙，边好奇地用余光瞥了他几眼。突然，他像是意识到什么似的，猛地抬起头朝我看。刹那间的四目交接让我尴尬又慌乱，我赶紧打开门，走进了屋子里。

而高漩的生活，依旧和那群偷渡客一样神秘。有时在课堂上看到她，她一个人坐在教室的角落里，看到我只是微微朝我点点头，一副不想和我聊天的样子。我也没有把"她是我的室友"这件事告诉临安安，好像这和她的生活一样，是个秘密。

其实我很想找个机会和她说说话，毕竟是同住一个屋檐下，抬头不见低头见。这样冷漠的室友关系，让我觉得有些尴尬。

只是，除了在学校，平时在家里见到她的机会真是少之又少。每天晚上十一点多，当我都准备睡觉的时候，我才会听到走廊对门她的开门声。

那一天傍晚，我难得没有在下课的时候去图书馆。当我回到家，打开大门，就看到她在厨房里拿着筷子在一只小铁锅里搅着，她在煮一碗面。

"嗨，高漩。"我关上门，走过去，朝她打了一个招呼。

"今天回来得挺早啊。"她把筷子放在了一边，嘴角边难得露出了一丝淡淡的微笑。

"回来早的人是你吧，每天晚上都见不到你。对了，明天国际学生会办新生派对，你去吗？"

"不了。"她几乎在我问出问题的同时就回绝了我，"我明天晚上要打工。"她"啪"的一声关掉了炉灶的火。

"噢，好吧。"我不再说什么，往楼上走去。

说起一年一度的新生派对，那是我们大学的传统节目之一。在北美的大学里，最风靡的就是丰富多彩的社团活动和各种各样疯狂的主题派对。而且，如果你以为这些社团组织和活动只是为了丰富一下我们的业余生活，陶冶一下我们的情操，那你就错了。所有的社团组织，都象征着一张张巨大的关系网络，很多人都把这些看作步入社会最关键的第一课，加入到一个好的社团组织，就意味着你能遇见更多的人和机会。所以，如果你以为所谓的新生派对只是大家一起吃个饭喝个酒，或者表演个节目唱首歌，那你就把它想得太简单了。比如这次的新生派对，国际学生会居然租到了一艘可以容纳几百人的高级游艇。

从得知这个消息开始，虽然满怀憧憬，但我却隐隐不安了起来。我试探性地问有着丰富派对经验的临安安，参加派对应该穿什么衣服，她言简意赅地告诉我，要么穿得好，要么穿得少。听到这个答案后，我在刹那间忧伤了。我既没有好的礼服，又不敢穿得少。犹豫了很久，我终于在那天下课的时候，支支吾吾地对临安安说："那个，星期五的新生派对，我不去了。"

而她却像是一下子猜中了我的苦衷，笑着对我说："等下去我家吧。"

当我看到临安安家的衣帽间的时候，我心里想的，并不是她有那么多漂亮的衣服和鞋子。而是，要是我的房间能有这么大就好了。是的，我很难想象一个女孩的衣帽间会比一般的卧室还大。

"来，这件白色的短裙应该很适合你。"临安安从衣橱里抽出一条袖口绣满精致蕾丝的短裙递给我。

"是不是有点太短了？"我有些忐忑地接过裙子。

"拜托，路遥，这可能是我最长的一条裙子了。"临安安摊了摊手。

从十五岁就开始在加拿大生活的临安安，夏天会和白人女孩一样穿超短裤，尽可能地露出又美又长的腿。上身穿一条简单的运动背心，又青春又性感。虽然她也有很多名牌包包，但是几乎没有看到她在学校里背过。去上课的时候，她只提一只简单的帆布背包。这可能就是她和很多有钱的中国女留学生的区别，她从不炫耀，也不屑于去炫耀。

而当我问她派对准备穿什么的时候，她却神秘地对我说："秘密。"

不知不觉就到了星期五，安大略湖旁依旧和往日一般灯火璀璨。第一次看到安大略湖的时候，是在飞往多伦多的飞机上，当飞机航行十多个小时之后，我眯着肿胀的眼睛，打开遮光板，然后看到了那片如海一般辽阔的湖。多伦多，这座北美第三大城市就是沿着那片湖而建的。不知道为何，望着底下那片平静的大地和波光粼粼的湖面，我突然有一种想哭的冲动。我并不清楚我为什么会想哭，直到后来，当我离开那座城市的时候，我才明白我想落泪的原因。

——那是当时十九岁的我，第一次意识到自己，变成了异乡人。

而此时停泊在安大略湖边的游艇上，聚集着无数和我一样从不同国家漂泊而来的年轻生命……和肉体——当我看着眼前一个个高大挺拔的男生和无数个肥硕的胸部在我眼前晃来晃去的时候，我不得不加上后面的这两个字。

眼前的景象，和我之前在一部美剧里看到的高级派对几乎一模一样。游艇分为两层，两层都有开放的甲板。甲板的中间铺着白布的长桌上放着香槟、点心、水果……游艇的四周缠绕着白色的灯串，如同湖上的星空一般璀璨。每一个人都打扮得像是要去参加奥斯卡舞会一样。虽然我也穿着临安安的高级礼服，但我还是自卑地站在角落里等着还没有出现的临安安。

正当我尴尬地四处张望的时候，我听到不远处的人群里发出一小阵"哇"

的惊叹声。我好奇地走了过去，出现在人群里的，是临安安。

她穿着一袭华丽的紫色旗袍，手里握着一只复古的卡包和一小把精致的折扇，头发古典式地盘起，嘴唇涂着鲜红色的口红。她正优雅地朝人群走来。

如今这个年代，我们这群漂洋过海的留学生，每个人都忙着学习西方的语言、礼仪、思维方式，甚至饮食习惯。女生们迫不及待地穿起露背的西式礼服，烫起大波浪，觉得这样才是国际化。唯独临安安，在场的所有中国女留学生里，只有她穿上了旗袍，只有她有勇气把中国文艺搬上了北美舞台，把上海的花样年华带进多伦多。

我不得不钦佩她，钦佩她的聪明和骨气。

游艇渐渐离开口岸，往湖心岛的方向缓缓驶去。从安大略湖上遥望夜色中的多伦多，曾经的世界第一高建筑，高耸的加拿大国家电视塔。在电视塔的旁边如同白色贝壳的建筑，是罗渣士中心，北美最豪华的棒球场馆。而高楼林立的金融区则像一幅巨大的玻璃天幕，世界第七大证券交易所，全加拿大的金融心脏，就坐落在此。我有点不敢置信，曾经在电视里看到过的，北美城市灯火璀璨的夜晚，就出现在眼前。

"嗨，路遥。"临安安看到我，朝我打了一个招呼，然后婀娜多姿地朝我走来。

"安安，你今天真美。"我拉起她的手，情不自禁地称赞她。

"谢谢，you too。"她优雅地朝我点了点头，如同老上海电影里的女主角。

正在这时，不远处传来了一个男生的声音："安安？"

一个模样英俊的男孩从人群里走了出来。

"林承忆？"临安安惊讶地叫了出来。

那是我第一次见到林承忆，他穿着白色西装，头发干净利落地全部梳到脑后，露出高高的额头，一双看起来让人觉得有些忧郁气质的单眼皮，只是笑起来的时候邪邪的，好似仍旧保留着男孩的纯真。

"你不是去了蒙特利尔吗？怎么回多伦多了？"临安安热络地走过去，挽了挽林承忆的手。

"受不了魁北克人的做作。"林承忆摊了摊手。

"说法语的人都那样。"临安安笑着说，"对了，路遥，给你作一下介绍。这是我的高中同学，林承忆。这是路遥，我的大学死党。"

"你……你好。"我有些拘谨地伸出手，临安安刚才说的"死党"两个字，让我有点受宠若惊。

林承忆笑笑，十分大方地和我握了握手。

"真是的，别弄得像国家领导人会晤似的。"临安安在旁边打趣地说。

有临安安在的场面永远不会冷场，我们三个人站在甲板的栏杆前，热络地聊着天。从他们的聊天中我得知，林承忆原本在高中结束之后就去了蒙特利尔学法语，准备上蒙特利尔的大学。我不知道他究竟是有多大的本事，可以轻而易举地在开学一个月后，作为插班生转学到我的大学。也不知道他离开蒙特利尔的原因。不过，听他说起来，他是受不了蒙特利尔单调的饮食。

"你知道吗？全蒙特利尔就没有几家像样的中餐厅，每天吃着那半洋不土的西餐我都快吐了。"我看着他皱着眉头，微微噘着嘴的样子，忍不住笑了。活脱脱一个天真的大男孩模样。

而真正天真的人，恐怕是我。

"他给人的感觉真舒服。" 当林承忆转身去和其他人寒暄之后，我忍不住夸赞了他几句。而临安安却露出了一个非常不屑的表情。

"他不是什么好人。"她冷冷地说。

“啊？”我有些惊讶。

“反正你尽量少和他接触就对了。”临安安认真地说，“他读高中的时候，有两件事情全校闻名，睡女生和吸大麻。”

我瞠目结舌，完全不敢把这两件事和刚才那个仪表堂堂的白西装男生联系在一起。

“别被他的外表给蒙骗了，他和站在吧台旁的那位是同一类人——”临安安指了指不远处正被几个中国女生围绕着的付寒，不屑地说。

尽管在临安安的口中，林承忆和付寒都属于那些玩世不恭的富二代。但是，我却隐隐约约地觉得，他们终归是有些不同的。付寒的“坏”是流露在表面的，而林承忆，他就像一口看不见底的深井，可能没有人能真正地了解他是怎样的一个人，他的笑容和哭泣背后，都有秘密。

比如临安安无意当中提到的——“有一件事情挺奇怪的，我到现在还不知道他们家是做什么的，他也从来不提。”

只是，在这样热闹的派对上，临安安是没有兴趣和我讨论八卦的。她早就渐渐脱离我，用着一口流利的英语，和各种陌生的面孔打招呼聊天了。她的那种高超的社交技能仿佛是与生俱来的，可以很轻松又自然地和别人打成一片。我却不同，每次遇到这种场合，我都会渐渐地隐匿出人群，待在角落。因为这样才让我觉得安心，觉得安全。

游艇渐渐停靠在湖心岛上的一小片树丛旁，突然，游艇上的灯光熄灭了。正当众人还没有缓过神来的时候，几束激光光束伴随着DJ的电子乐在甲板上跳跃起来。仿佛在刹那间，所有人都陷入了疯狂，有的男生脱掉西装，赤着身子举着酒瓶在甲板上跳舞。临安安过来拉起我的手把我带进舞池里，伴随着被陌生身体碰撞的刺激感，我第一次像国外的那些女孩一样在里面摇摆着身体。

等跳累了，我独自一人从舞池里抽出身来，然后朝二楼的甲板上走去。二楼是一个休息区，要比一楼安静得多。有人靠在栏杆上吹着海风聊着天，我独自一人朝着船头走去。

我喝了一口杯子里的香槟，那是我第一次喝香槟，说实话，之前香槟在我的概念里，一直是介于酒和饮料之间的一种东西。然而，当我一口气喝了大半杯之后，我发现我有点醉了，头晕、脸红，连走路都有点摇摇晃晃。

在微微的晕眩之间，我感觉有一个男孩朝我走了过来，我定了定神，看见了一双明亮的眼睛。

他穿着简单的白衬衫，袖口微微地卷起。"嗨。"他很礼貌地朝我打招呼。

"嗨。"不知道是不是微醉的关系，此刻的我并不觉得有多尴尬，我反而主动地问他，"你是哪个系的？"

"艺术学院，我学大提琴。"他微笑着说，"听你的口音，你是浙江人？"

"是啊，我是镇海的，宁波旁边的一个小地方，你可能没听说过。"

"镇海？怎么会？我的初中还是在镇海一中念的。"他有些激动地说。

"天哪，我们居然还是校友。可是，我怎么从来没有见过你呢？你是2000年那届的吗？"没有想到，我居然还可以在这里遇见自己的初中校友。

"没错，不过我只读了初三一年，高中我就去了南京。"他解释道。

他叫冯晖，也是今年的新生。来多伦多之前，他在波士顿的私立音乐高中上学。不知道是不是心里的那点酸溜溜的文艺情怀在作祟，还是冯晖本身就长着一张干净的脸，加上戴着一副黑框眼镜，我总觉得他的身上，总是洋溢着一种清新的书卷气。他说话温温的，笑容也是温温的，而他本身的经历，在我看来却像一个传奇。因为他父亲的生意关系，和我同龄的他，在国内的好几个城市生活过，十八岁那年，又只身前往美国。

我问他为什么选择来加拿大念大学。他笑笑说是因为父母想移民来这里。

我点点头，唉，又一个富家公子。

我和冯晖两个人边聊边往楼下走，刚走到楼下，就看到付寒摆着一张颇为不高兴的臭脸。

"搞什么，那边有个老外一直缠着临安安。"他小声地怨念道。

"哎，这太正常了。我说付寒，你也别装纯情了，刚才还见你和好几个女生在打情骂俏。"

"我那是逢场作戏，我对临安安那才是真爱。"付寒理直气壮地说。

"真会给自己找借口。"我嘲笑他。

正说着，临安安就挽着那个老外的手，朝我们走了过来。付寒忍不住转过头，像个受气的小男孩一样暗暗地噘了噘嘴。

"路遥，我给你介绍一下，这是丹尼尔。"眼前的这个白人男孩，高高的个子，微卷的头发，蓝色的瞳孔。

我们简单地寒暄了几句，丹尼尔笑着说："安是我见过的最美丽的中国女孩。"虽然男人的赞扬多半不可信，但是我却毫不怀疑这句话。

夜风徐徐吹来，我看着浮现在香槟酒杯觥筹交错间的这几张年轻的面孔，临安安、付寒、冯晖、丹尼尔……我本以为我平静的生活，只是因为这些人而增加了些许波澜而已。我并没有想到，我的人生，我们的人生，在那个安大略湖的夜晚上，就已经牵连在一起，渐渐卷进了那个无尽的冬天里。

而在城市的另一个角落，高漩也置身在一片灯红酒绿中。

那是多伦多非常有名的一个Sport Bar，巨大的屏幕播放着最新一季的体育联赛，球迷们嘈杂的呐喊和喧嚣充斥在酒吧里的每一个角落。高漩穿着印有啤酒广告的比基尼短裙，双手端着的盘子上放满了酒瓶穿梭在人群里。她手里攥着的，是今天的小费。

她把空瓶放到吧台前，然后有些疲倦地舒了一口气。正在这个时候，她口袋里的手机突然振动了起来，屏幕上显示的是一个来自中国的号码。

她赶紧放下盘子，然后挤出人群，往酒吧的出口走去。

酒吧外，有几条安静的小巷。巷子的墙壁上涂满了五彩斑斓的涂鸦，地上还有几个被打碎的酒瓶。

"喂，爸？"她往那条昏暗的小巷里走去。

"嗯，是我。还没睡？在复习功课吗？"电话里，是父亲略带沙哑的声音。

"刚从图书馆回来。怎么了？"

"噢，也没什么事，有些日子没给你打电话了……那个，你妈现在还好吗？"

"你还惦记着她干吗？她现在过的日子可好了，住着大房子，每天刷着她白人老公的信用卡，她可从来没有问起过你。"高漩冷冷地说。

"我就是随便问问嘛。"电话里传来了父亲憨憨的笑声。

高漩握着电话不再说话，低着头，踢着地上一只绿色的酒瓶。电话里的父亲似乎觉得谈话有些尴尬，停顿了好几秒钟，刚想找话题开口，就听到了电话里高漩的声音。

"爸，我有点想你。"她轻轻地说。

"傻丫头，你好好读书就可以了。爸现在挺好的。"电话里那个混浊的声音，或许是这个世界上唯一能让高漩感觉到温情的声音。

"嗯，对了，我找了份兼职，收入还不错。我想我很快就能攒到帮你移民的钱……"

挂了电话后，她从那条幽静的小巷走了出来，走到了酒吧附近的那条马路上。马路上车来车往，十月份微凉的气温，街上的人都已经穿上了外套，唯独她穿着露腰的比基尼，她忍不住打了一个寒战。

她摊开手心，看着那摊零零碎碎的纸钞，她一张一张地把那摊纸钞捋平，突然，她小声地哭了出来。但是，她很快就抬起手擦干眼泪。这是一个卖笑的社会，她知道她的眼泪分文不值，虚假殷勤的笑容，才可以让她拿到更多的小费。她可以没有爱，但她需要钱。

游艇派对直到午夜才陆续散场。临安安和我都已经有些微醉，付寒开了车，准备送我和临安安回家。

正在这个时候，冯晖突然凑过来问我："小老乡，你家住哪儿？"

"登打士西街。"我说。

"我送你回去吧，我们顺路。我刚才叫了出租车。"他说。

我有些不好意思和犹豫，临安安却凑上来怂恿道："路遥，把握住机会，快和冯晖走吧。"

"你想哪儿去了，他只是送我回家而已。"我突然觉得害羞起来。

我就这样有些忐忑加愉悦地和冯晖一起上了出租车，我们坐在后座上，车离开繁华的湖边，沿着士巴丹拿道一直北上，经过中国城，然后拐进附近的小路里。

"你一直都住在这里？"他小声地问我，窗外斑驳的树影倒映在他的脸上。

"没有，最近才搬过来的。"我说。

"噢。"他应和了一声，就不说话了。

车很快就到我家了，冯晖绅士地下车帮我开门。他一直送我到家门口，才停下了脚步准备离开。

"晚安，今天很高兴认识你。"他温柔地说。

"嗯……"我终究还是太懦弱了，不敢说出"我也是"这三个字。

"那我回家了，你好好休息。"他摆了摆手。

"你回去哪儿？"我不由得问。

"东约克。"他转过身，微笑地看着我。

回到家，我透过客厅里那块脏脏的玻璃，看着冯晖坐的出租车缓缓离开。我转过身，突然觉得自己的心跳得厉害，我情不自禁地脸红了。东约克和我家，一东一西，根本不是同一个方向。人在异国，我第一次觉得自己也被人注意和照顾着。

凌晨一点，高漩换了衣服，走出打烊的酒吧，准备回家。

从酒吧走到能到家的那个电车站，不近不远，要走十多分钟。她看了看手机上显示的时间，末班车是在二十分钟后。于是，她加快了步伐。

深夜的街道上空空荡荡，几乎没什么行人。这一带并不算治安很好的区，总是有酒鬼和吸毒的妓女在附近游荡。

红灯，高漩停下了脚步，等在了路边。突然，她感觉有一个男人的脚步声从后方传来，起初她也没多在意，但是，那个脚步声越来越靠近，当她想回头的时候，她在刹那间被人从后面抱住。

惊慌之中，她怎么也挣脱不开背后那个男人结实的臂膀。

"嗨。"一个熟悉的声音，从她的耳边传来。她一下子怔住了。

"是我。"男人的脸紧紧贴在高漩的耳边。

世界像在刹那间寂静了下来，萦绕在耳边的，只有那个曾经熟悉的声音。高漩的眼眶渐渐湿润了。

"你为什么还要来找我？"高漩抽动着微微颤抖的嘴唇。

"因为我曾经说过，不管你去哪里，我都会找到你。"他轻微的呼吸声像秋夜里的微风般温柔。

"林承忆，你浑蛋。"滚烫的眼泪从高漩的眼睛里夺眶而出。

"我知道。"林承忆闭上眼，他的嘴角扬起了一丝自嘲的微笑，声音却格外低沉。

约克威尔，付寒的跑车缓缓地停在了临安安的公寓楼下。马路边的树上，缠绕着如同繁星般的白色灯串，住在这一区的人们，每天都要过得像在圣诞节。

"谢谢。"临安安拿起包，准备下车。

"不请我上楼去坐坐呀。"付寒握着方向盘，朝临安安坏笑道。

"付寒，你能不能别这么恶心。"临安安不屑地扫了付寒一眼。

"等一下，你能不能告诉我，你为什么不喜欢我。"付寒叫住了正准备开车门的临安安，"难道有钱就有错吗？有钱就这么不招你喜欢吗？"他继续说。

临安安背对着付寒，冷笑了一声，然后转过身，一本正经地说："我不喜欢你，和你有钱还是没钱，一点关系都没有。你也少拿这些高贵的理由来搪塞你没有价值的人生了。"

"我怎么没有价值了？"付寒愣了一下。

"好，你有。你最大的价值就是每年给加拿大政府贡献了巨额的消费税。"

"你说这样的话，有想过别人的感受吗？"像是突然被刺痛到了什么，付寒皱了一下眉头。

"Who cares？"临安安耸了耸肩，然后打开车门，头也不回地往公寓楼走去。

斑驳的树影透过车的天窗，投影在付寒的脸上，他看着临安安离去的背影，默不作声地坐在车里。他按了一下播放音乐的按钮，车里缓缓地响起了那首他最喜欢的《One Of Us Cannot Be Wrong》，歌手是他最喜欢的Leonard Cohen。歌曲的最后一段，是一个男人浑厚的口哨和轻唱声，他却觉得那个歌手在哭。

　　空旷又明亮的街道，好像在上演着末日后的虚华。没有人知道他在车里坐了多久，也没有人知道他在想什么。

　　然而，此时此刻，几辆闪着红灯的警车穿过登打士西街寂静的街道，然后停在了我住的这栋独立屋的门口。

　　当时的我刚洗完澡，正拿着浴巾擦头发，就被楼下传来的一阵急促的敲门声给吓了一跳，我跑到窗前，往楼下望去，是一排闪烁着红灯的警车。站在我家门口的，是几个身强力壮的加拿大警察，我注意到，他们的身上还有枪。

　　正当我还在纳闷究竟发生了些什么的时候，一阵阵匆忙的跑步声从楼下传来，住在楼下的那些男人，他们从地下室里跑了出来，想从后院逃跑。

　　"Stop!Stop!"警察发觉了后院的人影，大声地喊道。

　　突然，窗外传来一声刺耳的枪声，我吓得尖叫了一声，本能地蹲在了床下。

　　我的额头冒着冷汗，完全不知道现在正发生着什么。然而，正当我惊慌失措的时候，我的房门被猛地撞开了，出现在我视野里的，是那个住在地下室里，总是蹲在院子里不爱说话的那个男孩。我刚想大叫，他就往我这里冲了过来，死死地捂住了我的嘴。

# Chapter 03

# 第 三 章

　　"别出声，求求你，别出声。"我被他紧紧地捂着嘴，他极力的压低着颤抖的声音。

　　"求求你，帮帮我。"背后，传来了他略有哽咽的声音。不知为何，他的手却突然松了。我猛地转回头，看到了那双无助又透澈的眼睛，"求求你，不要举报我，我不想被警察带走……"

　　当我仍在惊恐的迷局里，完全不知道该怎么办的时候，一阵急促的敲门声在门外响了起来。是警察。

　　不知道为何，可能是被那双透澈的眼睛弄得有些鬼迷心窍，也有可能是我太蠢，当那个加拿大警察问我，房间里住几个人的时候，我恍惚地点点头说："只有我一个人。"他们看着头发湿漉漉而且穿着睡衣的我，在检查了我的护照和学生证之后，并没有怀疑，也没有进屋搜查。

"小姐，你还是应该住到学生公寓里去。你知道吗，你这个屋子里住着七个非法滞留的中国人。"警察把护照递还给我，好心劝告道。

"我……我不知道。"我呆滞地摇了摇头。看着他们准备离开的样子，我的心终于平静了些。

当警察离开之后，我走到那个破旧的衣柜旁，然后打开了衣柜的门。衣柜里，那个男孩缩成一团，他眯着眼睛，身体在微微地颤抖。

"你出来吧，他们走了。"我轻声地说。

"谢谢……"他缓缓地抬起头，眼眶湿润地看着我。

我就是在那个混乱的秋夜认识阿吉的。

一个多月前，他和几个老乡跟着旅行团来到加拿大。出国前，因为怕引起导游和入境处官员的怀疑，他们每个人只带了简简单单的一个皮箱，衣服也只有两三件。然而，他们在刚到加拿大的第一个夜晚就在酒店里消失了。旅行签证的时间只有一个月，一个月之后，他们没有回国，就这样在加拿大黑了下来。没有身份的人想在加拿大找到一份工作，并不是一件简单的事情。但是在中国城，却变得很容易。

通过人介绍，他和一起来加拿大的老乡在唐人街的一家川菜馆找到了一份洗碗工的工作，每个小时的薪水，比加拿大法律规定的最低薪资还要再低几块。但是，靠着这份廉价的工作，他们就可以在这个陌生的国家里活下来，甚至还可以攒钱寄回国内。

每天在暗无天日的厨房里工作，冲洗着似乎永远也洗不完的碗筷，随时担心着会被警察带走，这样担惊受怕的日子，似乎没有尽头。然而，他们却是怀着希望的。因为，在阿吉的那个沿海小城里，有太多人像他这样黑在了国外。有的人，打工几年花钱找律师拿到了身份；有的人，靠着从国外寄回的收入在国内盖起了房。在多伦多餐馆当黑工一天赚的钱，相当于自己之前在国内工地里一个星期的收入。他们只知道这些，但这就够了。

但是，阿吉和他的老乡，又有些不同。

"我……要来找我哥哥。"昏黄的台灯下，他支支吾吾地说，语气却很坚定。

"你哥哥也在加拿大？"我问。

"嗯。"他点点头，"一年前就来了，只是，半年前突然就没有了他的消息。"

"连个电话都没有？"我问。

"嗯，什么都没有。"

"你知道他在哪里工作吗？去他工作的地方找他啊。"我说。

"我不知道，我只知道他在餐馆打工。其他什么都不知道。"他有些痛苦地摇了摇头。

他居然就这样在"什么都不知道"的情况下，来到了加拿大。我暗暗地叹了一口气，不知道是用"可怜之人必有可恨之处"还是"无知者无畏"来形容他。

"我要走了。"阿吉站起身，低着头对我说。

"你去哪里？"我问。

"回地下室。"他说。

"你不怕警察再回来抓你？"我有些担心。

"除了那里，我没有地方可以去。"他有些哀伤地说。

阿吉下楼之后，我重新将门反锁。我躺在床上，却怎么也无法入睡。回想着半个小时前经历的一切，我突然心慌了起来。如果阿吉的老乡把阿吉供出来会怎么样？如果警察回来会怎么样？更可怕的是，我居然还用谎言掩护着一个偷渡客。如果事情严重，我不仅会失去留学生的身份，还有可能被遣送回国。我觉得自己蠢极了，我甚至想，自己是不是应该报警自首。我越想越不安，我从床上爬了起来，走到窗边，望着楼下空荡荡的街道。我在等高漩回来，我迫不及待地想告诉她刚才发生在这个屋子里的一切，懦弱的我，太需要有一个人告诉我该怎么做了。

然而，当高漩的身影出现在路灯下的时候，她的旁边，还站着一个穿着白色西装的男孩。虽然光线模糊，但是我一眼就认出了那个人，就是今晚派对上有过一面之缘的新转校生林承忆。

昏黄的路灯下，林承忆紧紧地搂着高漩。而高漩的手却放在两边，她没有动。

"他们……怎么会认识？"无数的问号充斥在我的脑海里，我打开房门，往楼下走去。

走到二楼，刚好撞见正关好门转身的高漩。她的头发被风吹得的有些凌乱，她拽着背包，眼睛红红地和狼狈的我对视着。

"高漩……"我刚想开口，她就朝我摆了摆手，略显疲惫地说："上楼吧，我们去楼上说吧。"

无论我们的人生里背负了多少，但总有那么几个时刻，让我们疲倦或者安全地觉得，我们可以把那些东西卸下来，把那些秘密、往事、罪孽与某个人分享。当高漩在楼下用那双疲惫的眼睛注视着我的时候，我好像在刹那间读懂了她的孤独。而她或许也觉得，在这个丑陋的时刻，她可以在我的面前，卸下她坚硬的盔甲。

于是，就在那个夜晚，她把她的故事在我的人生里摊开了。

我们人生中的每次转折，无非是出现了某些不该出现的人。对于高漩来说，她能来到加拿大，是因为她十七岁那年，突然又出现在她人生里的母亲。

来加拿大之前，高漩一直生活在湖南一个普通得不能再普通的小县城里。六岁那年，高漩的父母离婚，母亲离开了县城，之后的十年，她都是和父亲一起生活。她父亲在县里的供电所上班，两个人的日子虽说不富裕，但是也过得马马虎虎。那时的高漩没有想过出国，甚至连去大城市生活的想法都没有。她想，就算一辈子和父亲生活在这个小县城里，也没有什么不好的。

一切都在十七岁那年被改变，时隔十年，母亲突然回到了那个充满阴霾的小县城。如果不是家中还保留着几张母亲的照片，眼前的这个穿着卡其色大衣的中年女人，对于高漩来说，只是一个普通的陌生人。

一家三口像遥远记忆里的那样，坐在那张旧方桌上吃饭。岁月磨灭了所有的恩怨，父亲对待十年未见的前妻，居然如同从远方而来的客人那般恭恭敬敬。不过，他一直都是这副老实巴交的模样。母亲是个有野心的女人，她离开父亲，或许就是因为他太老实了。

三个人坐在桌前吃饭，场面透着一种诡异的安静。父亲唯唯诺诺地，说着一些无关痛痒的话题。母亲果断地打破了僵局，她很直接地就说明了来意，她结婚了，老公是一个加拿大人，她马上要去加拿大生活。然后，她想带高漩一起走。

高漩听完一惊，她抬起头，看着眼前这个头发上别着精致发簪的女人。这果然是一个在外面闯荡已久的女人，能如此处事不惊地说出这样一段看似荒唐的话。高漩以为父亲会大怒，然而，父亲的举动让她微微地失望了，他只是淡淡地说了一声："哦。"

母亲又如同谈判一般，罗列出一堆带高漩去加拿大的好处。首先，她可以有一个国外的身份。其次，她可以上那边的大学，她会有一份好工作，一份完善的社会保障，一个完全不同于现在的未来。

"孩子的事情，还是让她自己决定比较好。"父亲低着头，一边咀嚼着嘴里的饭菜，一边口齿有些模糊地说。

　　高漩愣了一下，她默默地站起身，收拾好桌上的碗筷，放到厨房里，然后回到了房间里。关上门，她不由得靠在门上哭了出来。她不知道自己究竟为什么会突然想哭，当她抬起手擦眼泪的时候，才发现自己的手指冰凉。

　　那天晚上，高漩不知道母亲是在什么时候走的。直到很晚了，她都已经躺在床上迷迷糊糊地睡着，父亲才轻轻的开门进来。恍恍惚惚的，她支起了身子。

　　"怎么哭了？"暗沉沉的灯光下，父亲的脸上挂着一个沧桑的笑容。

　　"没有。"高漩有些倔强地别过头。

　　"瞧你的小脸都哭得那么丑了还骗我。"父亲看她的眼神一如往常般慈爱。

　　"你是不是觉得，我就是你的累赘，你是不是早就不想要我了？"高漩认真地问道。

　　"你觉得呢？"父亲笑了笑，他没有回答。因为他知道高漩很清楚答案。然后，他继续说，"女儿啊，不是每个人的人生里都会有这样的机会，在这个县城里没有几个人可以出国念书。"

　　"我不要去，我去那里念书做什么？难道我在这里就找不到工作了吗？难道我在这里就活不下去了吗？"高漩的语气强硬。

　　"像张叔的女儿那样？四年大学毕业之后回来在电信局上班，就这样过一生？没有人比我再了解你，你不是这样的性格。"

　　当父亲说完，高漩突然沉默了。她确实向往过大城市的生活，只是，这个县城里慵懒的一切，已经把这些念想渐渐磨灭，她早已不去想，也不敢想那些东西了。

　　"如果我不让你和你妈出国，总有一天，你会因为这个恨我的。"父亲叹了一口气，他的神情突然变得有些哀伤起来。

　　"总有一天。"他再重复了一遍，然后转身离开了房间。

　　那年冬天，高漩就这样离开了生长了十八年的小县城，来到了加拿大。她去的地方叫蒙特利尔，是加拿大的第二大城市，可她却从来没有听说过。她更是想不到，在一个北美国家，那个地区的人们却说着法语，过着欧式的生活。

　　母亲的丈夫，是一个大胡子的中年男人。他经常去中国做进出口生意，会说一些中文，所以一句英文都不会的母亲才会和他认识。

　　这个身材略胖的中年白人，和高漩想象中冷漠的欧美人不同。当高漩跟着母亲拖着大行李箱，搬进蒙特利尔郊区的那栋大房子的时候，他像一个绅士般，温柔地对高漩说："漩，从今天晚上开始，这里就是你的家了。你可以动这个屋子里的任何东西。你不用把我当作父亲，因为我们会成为朋友，很好的朋友。"

　　三年前，他的前妻在车祸中去世，留下了一个年纪还不到六岁的白人男孩。这个长得如同洋娃娃的可爱男孩叫瑞米，虽然自幼丧母，但他的性格却似乎没有被这场悲剧所影响。他活泼调皮，对突然出现在家里的两个陌生人也不抵触，时常笑着对高漩说着她听不懂的法语。蒙特利尔的大雪天，他会拉着高漩去院子里堆雪人。室外是零下二三十摄氏度的极寒天气，可那个小男孩却似乎并不觉得寒冷，开心地在雪地里又跳又打滚。在这个陌生的家里，瑞米可能是唯一一个可以让高漩放下戒心的人。

　　冬天的蒙特利尔天寒地冻，气温时常降至零下三四十摄氏度。然而，比天气更寒冷的，是高漩和母亲的关系。对于她来说，虽然她和母亲有着血缘关系，但是，十多年的离别，早已让她们变得无比陌生。高漩渐渐发现，自己的性格，很大一部分都很像她。不喜欢和别人太亲近，不善于表达自己，时常封闭自己的情感。

　　虽然在同一屋檐下生活，她们却并不十分信任彼此。大部分时间，高漩只是待在二楼那个属于她的房间里，时常只有吃饭的时候才出来。

　　饭桌上，她和母亲也只是聊一些寻常的话题，只是有一次，母亲突然问：

"你爸现在在做什么？"她为了带走高漩，在那个小县城里待过几天，可是，她却连自己前夫现在的工作都不知道，可见她对父亲是多么没有感情。

"一直都在供电局上班。"高漩说。

"呵呵。"母亲突然轻蔑地笑了笑，"还是十多年前的那副窝囊样子。"她边说，边漫不经心地搅动着玻璃盆子里的沙拉。

那是高漩在出国后第一次和母亲起了正面冲突。她一把把母亲手里的沙拉盆拿了过来，然后在地上摔了个粉碎。

"你发什么疯？"母亲歇斯底里地叫了起来。

"告诉你，以后不准说我爸任何一点不好。他再窝囊也比一个喜欢和老外上床的婊子好。"高漩的眼睛里，布满了红色的血丝。

——"啪"，一个响亮的耳光从高漩的脸上劈了下来，她气得浑身发抖。

高漩捂着通红的左脸，她站起身，冷笑了一下，然后说："你记着，总有一天，我会把这个耳光名正言顺地还给你。"她说完便甩开凳子，独自一人朝楼上走去。

空荡荡的餐厅里，只剩下母亲一个人。

窗外的雪越下越大，十九岁的冬天，好像没有尽头。


那天深夜，高漩就是坐在我房间旧得快掉漆的地板上，把这个故事的前半段讲完的。

"那……你是怎么认识林承忆的？"我抬起头，看着面容有些憔悴的她。

"今天累了，等改天再说吧。"她疲惫地揉了揉干涩的眼睛。

"你知道我为什么来多伦多吗？"她突然问。

"因为和你妈关系不好？"我说。

"不，因为林承忆那个浑蛋。可是，为什么有些人，你就是躲不掉呢？"她叹了一口气。当时的高漩并没有意识到，这个世界上，其实根本不存在躲不掉的人，多半是因为自己也不想躲。

窗外的风瑟瑟地刮过，秋天的多伦多，昼夜温差很大，夜晚的北风更是刮得厉害，仿佛迫不及待地要将这个城市刮到冬天里去。我没有再给警察打电话，也没有再想关于阿吉的事情。我突然觉得很累，这个夜晚，发生了太多的事情，林承忆、冯晖、阿吉……这些人如此突然地出现在了我的生命里。我是平凡的，我贫乏的人生里，是不该出现那么多故事的。所以，我惶恐。

第二天早晨，当我掐着时间起床，洗完脸准备去学校的时候。我看到楼下客厅的餐桌上，放着一盘中式的油条和包子。阿吉听到客厅里的动静，从地下室里走了出来。

"那个……这个是我今天早上去中国城买的，给你。趁热吃吧。"他有些不好意思。

"给我的？"我有些惊讶。

"嗯，想谢谢你，因为昨天的事。"他用手挠了挠头。

我拽着书包，看着桌上的那盘油条和包子，突然有些感动。他可能不知道，这是我在多伦多吃的第一顿中国式早餐。阿吉似乎觉得有些尴尬，不知道该怎么面对我，他说完又走回了地下室里。我把桌上的点心装进便当盒里，塞进书包，准备带去学校吃。

在学校里的日子，总是这样稀松平常。我坐在学校的公园里吃着便当，在大教室里听教授讲课，下课了就去图书馆。尽管这对很多人来讲，有些太过乏味了，但我却觉得很满足。我记录着课堂上的每一条笔记，像个书呆子一样啃着教材。我很清楚，如果不好好读书，我来这个国家做什么呢？如果不好好读书，我的出路，又在哪里呢？

傍晚，我捧着书本从教学楼里走出来。每到用餐时间，图书馆附近的那条小路上总会停着大大小小的餐车，卖的三明治、汉堡……但要数中式盒饭的生意最好。老板是四川人，几样川菜小炒都还算正宗。每到傍晚，餐车旁总是开始排起长队。

我朝队伍的末尾走去，这个时候，一个熟悉的声音从后面传来。转过身，是冯晖，他穿着一件黑色的风衣，肩上背着一个黑色的琴箱，他在朝我招手。

"嗨。"我对他打了一个招呼。

"刚从琴房出来，就撞见你了。在排队买饭呢？"他问我。

我朝他点点头。

"刚好我也没吃，就一起吃吧。"他拽了拽肩上的琴箱，微笑着说。

"啊，噢，好啊。"我有些忐忑地点了点头。

付账的时候，冯晖抢先一步付了钱，弄得我有些不好意思。我和他捧着盒饭，沿着小路往学校的公园里走。昨天一夜的大风，吹落了不少枫树叶。没有人关心为什么枫叶在落下的时候，依旧都是红的，它们或许只是想在地上燃尽生命。

我们在公园里的石凳上坐下，冯晖小心翼翼地打开了盒饭："哇，真香啊。没想到在学校里也可以吃到红烧排骨。"

"我看你是艺术家不知我们普通学生之贫苦。"我开玩笑道。

"艺术家？我才不是。"冯晖莫名地叹了一口气。

"对了，你为什么住在东约克？那里离学校挺远的。"我随意地开了一个话题。东约克在多伦多是治安最差的几个区之一，据我所知，那里根本没有什么条件好的公寓，只有中下阶层聚集的破旧独立屋。很多留学生宁愿住在离学校一个多小时车程的北约克，也不会住在东约克。冯晖是我遇见的，唯一一个住在东约克的人。

"因为那里便宜呀。"他说。

我略微惊讶了一下，因为他之前给我的，一直是和付寒一样的富家公子形象。

"路遥，如果可以的话，以后我送你回家吧。"冯晖的话打断了我的思绪。

我愣了一下，然后说："上次你还骗我，我和你家根本就不顺路。"

"顺路呀，你家旁边的电车，往东坐，直接就到我家了。"他像个孩子一般调皮地笑了笑。

确实，我们都在同一条电车线上，只不过，这之间的距离，是超过半个小时的路程。

我的心里既忐忑又心动，于是说："今天临安安约了我晚上一起复习，改天吧……"

"好，明天晚上，我在图书馆门口等你。"他很认真地看着我，长长的睫毛温柔地垂了下来。


我们在公园的路口分别。我往图书馆的方向走，冯晖背着琴往校门口走去。突然，他口袋里的手机振动了起来。上面是一个陌生的本地号码，他犹豫了一下，然后接了起来。

"小晖？"电话里，是一个略微熟悉的声音。

"你是？"

"小晖，我是王叔啊。"

"王叔？你在多伦多？"冯晖惊讶地问道。

"才刚到，不过明天就要走了。咱们晚上见个面吧。我告诉你我酒店的地址……"

"好。"冯晖有些惊喜地答应道。


登打士广场附近小酒店的昏暗房间里，冯晖见到了那个两三年未见的男人。他是父亲之前的私人助理。

"王叔，你怎么突然就来多伦多了？"冯晖看着那张已经渐显苍老的脸。

"唉，虽然你爸的事情已经过去一年多了，但总觉得待在国内不太平。前些日子办了探亲移民，打算去美国和我儿子生活。我听说你在多伦多，于是就顺道转机过来看看你。"他叹了一口气。

"噢，我挺好的。"冯晖笑了笑。

"你怎么来多伦多读书了？之前在波士顿，不是挺好的吗？"

"可能待腻了。对了，王叔你吃饭了没？走，我请你。"冯晖摆了摆手，他刻意回避了王叔的问题。

"好，咱们好好吃一顿。"王叔笑了，眼角的皱纹叠加了在一起。

中国城略显破旧的四川餐馆里，他们坐在靠窗的位置，一个小火锅，一瓶国产的老白干。冯晖似乎忘记上一次他们两个人这样面对面吃饭是什么时候了，应该是三年前回国的那次。以前每一次回国，都是王叔去接他。那一次，在经历了十多个小时的长途飞行之后，在机场喧嚣的人群里，他看到王叔笑着对自己挥手。他走过来拎过他的行李，然后问他，你饿吗？十七岁的他点点头。于是，他们就来到了机场附近的一家小餐馆。

他从十四岁就开始一个人去美国的寄宿学校读书，只有暑假和圣诞节才回国。十二月的南京已然是冬天，他看着餐馆外灰蒙蒙的天空，那是故乡冬天时的模样，他突然想起七年前突然病逝的母亲和每次都忙到没有时间去机场接他的父亲，觉得无比失落和孤独。

然而，现在的他已经不是当年那个在餐厅里郁郁寡欢的男孩了。或许，他已经学会把自己的孤独藏起来，像一个尘封的盒子，不对任何人打开。

连干三杯之后，王叔有些醉了。饭桌上，这个年过半百的中年男人突然哭了出来。

"你爸走之前，他最放不下的，就是你……"他哽咽地开了口。

"王叔，你不要说了，我现在挺好的。"冯晖抬起头，打断了王叔的话。

"你好就好，我就是担心你。以后有什么难处，尽管和我联系。我跟了你爸十多年，也算是看着你长大的人。"王叔叹了一口气。

"我没什么难处，每天就是读书，毕业了就去乐团找份工作。"冯晖淡淡地说。尽管，这在之前根本不是他想要的生活。三年前，刚进那所昂贵的艺术高中的时候，他的梦想，是成为第二个马友友，那个世界上最出色的大提琴家之一，纽约有一条街道都曾经以他命名。但他却有着和自己一样的黑头发、黄皮肤。没错，他想成为像马友友这样，让美国人刮目相看的华裔艺术家。三年前天真的他，并没有觉得这个梦想有多遥远。

饭后，他们在餐馆门口发着暗红灯光的招牌下分别。王叔突然从衣服口袋里掏出了一沓美金，塞到了冯晖的手里。

"小晖，王叔没什么可以帮到你，这个你一定要拿着。"

"王叔，这个……"冯晖一惊，他把手一缩。

"快冬天了，给自己买几件暖和的衣服。"王叔握着冯晖的手，缓缓地说。说完，他拎了拎风衣的领子，准备转身离开。

"王叔。"冯晖突然叫住他。

"我最后问你一次，我爸的死和林氏集团，到底有没有关系？我爸爸他，是不是真的是被陷害的？"冯晖突然眼含热泪。

王叔突然不说话了，他停顿了一下，转过身看了冯晖一眼，然后叹了一口气，继续转身离开。他的无言，似乎已经告诉了冯晖答案。

冷风飕飕地刮着，连同带着恨意的眼泪，奏响了这个秋天里最绝望的乐章。

深夜的505路有轨电车打着"叮叮叮"的铃声往城市的东边驶去。冯晖坐在靠窗的位置，他看着沿途缓慢掠过的人影和商店。往事的一幕幕，在他的脑海中再次浮现。

一年前，一场跨国走私案因涉案金额之大，牵扯的政界商界人物之多而在国内的媒体上轰动一时。如果你在网上搜索这则新闻，得到的案件最终结果是，朝阳集团董事长冯朝华因走私罪被判死刑，并没收全部财产。没错，新闻里的冯朝华，就是冯晖的父亲。

他想起最后一次在监狱里见到父亲。父亲穿着洗得泛白的蓝色囚服，理着平头，坐在玻璃墙的另一边。

"爸，我和律师还在想办法，你放心，你一定会出来的。"冯晖湿润着眼睛，对着话筒说。

父亲淡然地笑了笑。"没用的，林道森的势力太大，手段太阴毒。我中了他的圈套，就逃不出来了。你赶紧买机票回美国读书，我不想这件事情牵扯到你。"停顿了一会儿，父亲看着他，突然缓缓地问道，"晖晖，爸问你一件事，我那么早就送你出国念书，你有怨过我吗？"

冯晖含着眼泪摇了摇头。

"呵呵，傻孩子。"父亲突然笑了笑，"晖晖，原谅我吧。我是每天都在钢索上走的人，随时都会掉下来粉身碎骨的。你不能和我一起过这样的生活。但是，你要记住，我是一个好人。你爸，他是一个好人。"

那就是他最后一次见到父亲。一个星期后，他得到了父亲被判死刑并立即执行的消息。

电车穿过种满枫树的街道，冯晖透过斑驳的树影，望着深蓝天空中的那轮明月，就如同和故乡的一样明亮。

他从书包里拿出了一份已经略显陈旧的资料，电车里昏黄的灯光下，他再一次，用带着无比恨意的目光凝视着上面的名字。

——林承忆，道森集团总裁林道森之子。

半年前，就是因为这个名字，才让他拒绝了美国东部最高等音乐学府的录取通知书，来到了这个陌生的城市。

　　爸爸，我总觉得，这个世界不该如此的。有些事情，不该就这样草草结束。即使我终将面对痛苦，但我仍不甘就这样把仇恨空乏地燃烧。月亮多美啊，爸爸，一定是你在看着我吧。

　　林道森，我要让他像我失去你一样，失去他的儿子。
　　我要让他像我一样，生不如死。

# Chapter 04

# 第 四 章

　　似乎每一个深秋的清晨，多伦多都是在这一片雾蒙蒙的水汽中缓缓苏醒的。高漩揉了揉眼睛，她起身走到书桌边，倒了一杯白开水，然后透过窗户朝楼下被薄雾笼罩的街道望去。

　　眼前的场景似曾相识，似乎蒙特利尔深秋时的清晨也是这个样子的。朦胧的雾气中，整个城市似乎不愿醒来。也就是在那个秋天，她认识了林承忆。

　　他们同在一个法语班。开学第一节课，老师问班里的学生，你们对魁北克的印象是什么？有人说，很冷。有人说，很像欧洲。只有那个英俊的中国留学生，用一口标准的英文说，我对魁北克的印象，只有电影《天使爱美丽》里面，那个从教堂顶楼跳楼自杀的魁北克人。老师面露难色，但是全场却哄笑成一片。

那是她第一次注意到他，那个来自多伦多的留学生。

法语班里的中国学生不少，但是高漩却很难和他们打成一片。留学早已不是富裕家庭的专利，这些漂洋过海的中国留学生分层严重，往往家庭条件好的留学生，会形成一个独立的小团体。他们出没于各种高级商场和餐厅，消费能力让加拿大本地人都咋舌。普通的留学生很难接近他们的生活，同时也非常看不惯他们的嚣张跋扈。

高漩却不属于他们其中的任何一个团体。每当下课的时候，中国学生分成好几拨聚成几小片，而她只是一个人坐在座位上，默默地看着法语书。下课的时候，她总是第一个拎起包，塞上耳机离开教室。

傍晚时分的蒙特利尔，可能是一天里最美的时候。远处的夕阳红得壮烈，街边的枫树叶随着瑟瑟的北风没有方向地飘散在空中。高漩穿着大衣沿着落满枫树叶的马路朝地铁站走去。

肚子已经饿得咕咕直叫，可她却不想回家。她在市中心的Berri-QUAM站下车。深秋的蒙特利尔，如同这个季节一般，莫名地让人心生悲凉。平日里热闹的维多利亚广场，此时也没什么行人，高漩在街边买了一个热三明治，然后坐在广场中央的石凳上，边吃边看着周围裹着大衣行色匆匆的人们。

突然，她看到从远处跑过来一个高大的身影，那个黑色的身影背后，是几个正喊着法语的蒙特利尔警察。还没有等她看清那个黑影的模样的时候，那个人已经跑到了她的面前。

她一愣，眼前的这个人，正是法语班上那个在全班同学面前调侃魁北克人的留学生，林承忆。

林承忆看到高漩，先是一愣，然后不慌不忙地从大衣口袋里掏出了一小袋东西，飞快地塞进了高漩的手里。

高漩一惊，本能地一缩手。

"帮个忙。"林承忆朝高漩使了一个眼色，然后朝前跑去。

不远处，那几个警察很快地就冲了上来压住了林承忆。高漩的手里攥着林承忆塞给他的那一团东西，不敢走向前，也完全弄不清楚现在的局面。她只是看到举着双手的林承忆，正被几个警察上下来回地搜着身。

他们似乎盘问了很久才半信半疑地离开。警察走了之后，林承忆朝高漩走了过来。他像是没发生什么事似的，笑着伸出手："嘿，把刚才的东西给我吧。"

高漩打开满是汗的手，把一团被塑料薄膜包裹得严严实实的东西递给了林承忆。

"这是毒品？"高漩疑惑地问道。

"没你想得那么夸张，大麻而已。×的，运气太背，今天买的时候被几个警察给盯上了。"林承忆在寒风中掏出一根烟。

"我得谢谢你，请你吃饭还是怎么的？你定。"林承忆背着手把烟给点燃了，然后猛吸了一口。

"不用。以后少抽点大麻吧。"高漩冷冷地说。

"大麻怎么了，美国好几个州大麻都已经合法了。真搞不懂这些古板的加拿大人，明明很多警察身上都有大麻味。"林承忆有些不屑地说道。

"我回家了。"高漩站起身，朝林承忆打了一个招呼，还没等林承忆的那句"再见"说出口，她就转身朝广场附近的地铁站走去。

当她走到地铁站入口的时候，她忍不住往回看了看，她看到穿着黑色大衣的林承忆一个人坐在广场的石凳上。蓝得发黑的夜色里，只有他手里的烟头，伴随着他的呼吸隐约闪烁着微弱的光亮。也就是在那个夜晚，她隐约地觉得，自己有点想开始了解这个人了。


第二天放学，林承忆在走廊上叫住了正匆匆准备离开学校的高漩。

"嘿，请你吃个饭吧。"

"为什么？"高漩转过头。

"因为昨天的事呗。"他晃了晃手里的车钥匙，脸上挂着一个邪邪的笑容。

"嗯，好吧。"她第一次这样草率地答应别人。

林承忆带她去的餐厅叫Rueben's，是一家古老的西餐厅，蒙特利尔熏肉是它的招牌。来加拿大之后，继父总是担心她吃不惯西方的食物，所以，每次都带她去中国餐厅。在蒙特利尔那么久，这是她第一次走进这家名气颇大的餐厅。林承忆绅士地把熏肉切成小块放进小碟子里，递到高漩的面前。

"味道怎么样？"林承忆看着高漩。

"嗯，还行。"

过了一会儿，林承忆突然说："说实话，你有没有觉得，味道有点像国内的火腿肠？"

"哎，还真有点。"高漩说完，忍不住在桌子边小声地笑了出来。

和女生在一起，林承忆总是那么能说会道，尽管大部分时间高漩只是默默的听着，但是，餐桌上的气氛丝毫没有冷下来。

吃完饭后，他们离开餐厅，沿着街毫无目的地走着。相比多伦多的现代繁华，蒙特利尔的市中心保留着大量法式建筑，到处都透露着古朴浪漫的气息。华灯初上，无数的彩灯装点着石板小路两旁的杉树，偶尔蹿出几只黑猫，在隐秘的角落里懒洋洋地喵叫几声。一切都犹如某个安静的法国小镇。

他们走到蒙特利尔的老港口，是加拿大作家扬·马特尔在《少年PI的奇幻漂流》里提到的那个港口。有街头艺人在寒风中拉手风琴，河畔酒吧略显冷清，远处，几个戴着毛线帽的少年在旧广场上玩滑板。这个时候，林承忆突然低了低头，牵了牵高漩的手。

高漩本能地往后一缩，两只眼睛警觉地盯着林承忆。

林承忆却并不尴尬，他坦然地笑了笑，然后说："时间不早了，回家吧。"

空荡荡的地铁里，高漩坐在最末尾的位置。回想起刚才林承忆的举动和自己的反应，心里竟然有一种复杂的情绪。若是之前有男生突然对自己做这样的动作，她一定会反感得恨不得给对方几拳。但是，对于林承忆，不知道为什么，她没有。更让她自己觉得不可思议的是，和这个在街头买大麻说话有些花言巧语的纨绔留学生相处的时候，她能感受到那种久违的安全感。

地铁靠站，陌生的法语报站声，陌生的灯光，就连车厢里的广告，地铁在黑洞里行驶的车轮声都是陌生的。北风一天比一天刮得猛烈，蒙特利尔漫长的冬季就要来临了。她突然觉得无比疲倦，那个冬天，她有点不想再一个人了。


宁静的清晨，我被一阵电话铃声给吵醒。给我打电话的，居然是交换了手机号码之后便再也没有联系过的付寒。

"付寒，你醒得够早的啊。"我迷迷糊糊地接起电话，没好气地说。

"对了，路遥，临安安最近都和你在一起么，我给她打电话，她不接。发短信，她也不回。怎么回事儿啊她？"他给我打电话，不外乎是关于临安安。

"还能怎么，就是因为人家不想理你呗。"我暗暗地想。但我仍然狠不下心捅破这层显而易见的纸，于是说："我这几天也没怎么和她联系，不过今天中午十二点她约了我在图书馆见面。"

"噢？好吧。其他没事了。"他说完便挂了电话。


不出我所料，中午十二点的图书馆门口，我果然见到了付寒。然而，当时的场面却异常地尴尬，因为除了我们三个人，还有丹尼尔。那个在新生舞会上频频对临安安表示好感的加拿大男生。

临安安看到付寒，于是亲昵地挽过丹尼尔的手，对付寒说："嗨，付寒，给你介绍一下，这是我的新男朋友，丹尼尔。"

傻老外不知情地伸出手热络地想和付寒握手，付寒瞥了临安安一眼，生硬地笑了一声："好得还真快啊。"

　　我在一旁干愣着，不知怎么解决眼下这个尴尬的场面，临安安却坦然自若，对我说："路遥，我们去图书馆吧，上节传媒课的资料我一直没找到，还好有丹尼尔来帮我。"而我看了看眼前这对打得火热的小两口，实在不好意思当电灯泡，于是说："噢，那你们先去吧，我想去趟书店，有些教材还没有买。"

　　临安安爽快地答应了，她向来不会勉强别人。图书馆门口，只剩下我和付寒两个人，我们沿着小路，往学校的书店走去。

　　说起来真让人觉得有些惭愧，开学那么久了，可是我连一些课程的教材都还没有买全。不是说买不到，而是，国外大学的教材实在太贵了。一本两百页的教材，居然要价上百加币，这要是在国内，最多也就几十块人民币。每个学期的教科书，就等于我一两个月的生活费。所以，刚开学的那段日子，网上的二手书交易实在是供不应求。向来手脚不麻利的我，直到开学几个星期了还没有在网上买到二手书。

　　本以为付寒会先行离开，没想到，他一直跟着我到了书店。

　　"算了，不去了。反正也买不起。"刚走到书店门口，我便叹了口气，准备离开。

　　"你要买什么书？"他问我。

　　"《北美传媒研究》，绿色封皮的那本。"我说。

　　"噢？真巧，这本书我有两本。一本是我新买的，还有一本是旧的，之前一个毕业的学姐送给我的。我送你一本好了。"他毫不犹豫地说。

　　"真的？太不好意思了。"我有些欣喜若狂地说。

　　"咳，这有什么，一本书而已。"他撇了撇头。

　　"现在我要去上课了，如果急着要的话，你晚上放学后来我家拿一下好了。"他抬起手看了看手表。

　　"嗯。谢谢你。"我万分感激地说。

晚上，我照着付寒留给我的地址，坐电车去他的公寓拿书。510线路电车，经过我的大学，然后一直往安大略湖的方向行驶。他的家，就在市中心安大略湖边的那一片高级公寓里。

他的公寓在三十楼，我坐电梯上楼，然后轻轻地敲了敲门。

"等一下，我穿一下裤子。"门里面，传来了付寒的声音，我忍不住笑了笑。

门被打开了，付寒穿着简单的背心和短裤，挠了挠乱糟糟的头发。

"请进吧。"他说。

我有些战战兢兢地走进了他的公寓，他的客厅里只开着一盏有些昏暗的落地灯。茶几上放着一杯泡面，地上散落着各种杂志和账单。原本的高级公寓被他乱七八糟的杂物堆得有些像学生宿舍。

"我在吃泡面呢，你饿了吗？要不要也来一碗？"他晃了晃手里的泡面，笑着对我说。

"好呀。"我难得爽快地答应了下来。

他打开了阳台的门，然后把泡面端到了阳台上的露天桌上。站在他家的阳台上往远处望去，是一望无垠的安大略湖。明亮的月光倒映在平静的湖面上，时不时的有飞机缓缓地降落在安大略湖上的湖心岛机场上。远处，还有星星点点的夜航船。眼前的景象，似乎可以让人忘记自己现在身处在闹市中。

"是不是有点冷？"他问我。于是，他又从房间里拿出两条毛毯，把其中的一条丢给我。我们两个人，就这样裹着毛毯，坐在阳台上，吃泡面。但是，这样略显滑稽的场景，和付寒在一起，我却一点都不觉得尴尬。不知为何，虽然他和我同一年生，而且身高一米八，但我总觉得他像是我弟弟。或者说，我总觉得他还没有长大。

"其实，真不知道你为什么那么喜欢临安安。难道没有女生追你么？"我边吃边说。

"因为我想认真地做一件事情。"他一本正经地说。

"喜欢一个人也算？"我忍不住笑了，我的笑容里面，带着一丝不理解和嘲讽。

"当然。"他肯定地说，"我知道在她的心里，我只是一个玩世不恭，每天花着家里的钱不思进取的富二代。其实，我心里挺不服气的。但是，我能为自己辩解什么呢？我仔细想过很久，我发现，她说的好像并没有错。"

他的语气突然变得有些哀伤起来，我抬起头看着他，不知道说什么才好。

"有一次，我和我们班的几个男生去吃韩国烤肉，我看到他们吃得好开心，并一直说终于可以吃顿好的了。我真不明白他们怎么会如此开心，一顿二十加币的烤肉而已，我突然好羡慕他们。"

"你这是典型的'只看到贼吃肉，没看到贼挨打'。"我反驳他。

"呵呵，我只是不知道我的快乐究竟来自哪里罢了。"他自嘲。

"唉……"我忍不住叹了口气，这世界真是千奇百怪，有些人住着高级公寓，开着车上学，还总念叨着自己不快乐。如果真是这样，那像我这样的每天惦记着下个月生活费的穷学生该怎么活。我的内心突然冒出了一股自卑的无名火，我真想把付寒揪到我住的那栋破独立屋里，我想问问他，是不是每天住在这样的房子里，吃着超市保质期最后几天的打折面包，你才会快乐。啊，是不是啊？

"告诉你一个秘密。"他突然说。

"嗯？"我好奇地抬了抬头。

"我爸一直有小三。"他淡定地说，脸上并没有多余的表情。

"呃……"我一时不知道该如何接话。

"所以，很多时候我都想，如果我不花他的钱，他的钱估计都到那个女人的口袋里去了。呵呵，是吧？"他抬起头看着我，苦涩地笑了笑。

那一晚，我离开的时候，付寒一直把我送到公寓楼下。我看着穿着睡衣被寒风吹得瑟瑟发抖的他，说："快上楼吧，小心着凉了。"

"嗯，那我上去啦。"他的笑容就像一个单纯的邻家大男孩。

"哎……"他突然用手捂了捂眼睛，"不知道为什么，最近眼睛总是突然好疼。"

"你就少看看电脑吧。"我说。

"你的意思是，少看看那种片么？"他捂着一只眼睛，不怀好意地笑道。

我只得无奈地对他翻个白眼。

离开他的公寓，我一直往南走，不知不觉就走到了安大略湖边。此刻的安大略湖边几乎没有行人，平日里热闹的码头和商店此时都冷冷清清。我抬起头，望着那栋高层公寓里的寥寥灯火，似乎有些明白了付寒口中的"不快乐"。有一些事情，我想并不是我能够明白和承受的。他总归是有他的故事的，我们各自的人生只有我们自己才懂。

电梯里，付寒一直盯着那块在不断上升数字的液晶屏。突然，那种熟悉的刺痛感再次从他的大脑蔓延到眼睛，他忍不住"啊"地叫了一声，他皱着眉头用手紧紧地捂着眼睛，但是，这一次的刺痛感比往常都要强烈。

"一定是得了什么病了。"他痛苦地捂着头蹲在电梯里，"唉，算了，等回国再说吧。"他疲惫地想。

当我回到家，已经是晚上十一点多。刚打开门，就看到阿吉坐在餐桌前，着实把我吓了一跳。

"你坐这儿干吗呢？"我关上门，问他。

"等你回来。"他边说边拿出一张报纸，"我今天在餐厅看到客人留下来的报纸，你看看……"

我凑过身瞅了一眼，那是一张满是繁体的字多伦多当地的中文报纸。

"你看，上面写着，免费，居然不要钱哎。"

"嗯？所以呢？"多伦多当地有好几家中文报社，很多都是免费散发在地铁站和中国餐厅。

"所以……我想登一则找我哥的寻人启事，但我不知道怎么写才好，所以想请你帮忙。"

我一听差点晕倒，忍着笑对阿吉解释道："这个报纸虽然是免费的，但是在上面登广告什么的都是要收费的，否则这个报社靠什么活呢？"

"噢，也对哦。"他似懂非懂地点点头，"那你可以帮我去问问登个寻人启事要多少钱吗？"

"唉，好吧。"我草草答应了下来。天真的阿吉，就算可以登，你要怎么写？寻找某某某，自某某时间偷渡来加拿大之后便失去了消息？如果有消息请联系他现在同样没有身份的弟弟？窗外的夜太深，人心在这个时刻似乎会变得疲惫又脆弱。我没有精力也不忍心再去给他解释这些了。


但是，第二天，我还是给那家华文报社打了电话。那个报纸是周刊，一个操着广东口音的女人告诉了我刊登一则一百字以内的小告示需要两千加币。还真是贵，差不多我三个月的生活费，光靠广告费估计都赚翻，难怪这家报纸免费。

我本以为阿吉在知道这个价格后会打退堂鼓，没想到，他只是皱了皱眉头，然后和我说："好吧，我去想想办法。"

"你确定？你去哪里弄那么多钱？"我惊讶地问。

"再多打一份工呗。"阿吉平静地说。

"可是你每天都工作到晚上九点才回家。"我说。

"总还是能挤出点时间的，哪怕每天多做两个小时也好。"他叹了一口气，"有什么办法呢，我来加拿大，就是为了找我哥哥。找不到他，我心不安。"

其实，我隐隐约约地觉得，阿吉的哥哥多半是遭遇了什么不测。试问一个正常人怎么可能将近一年都不和家里联系？虽然远在加拿大，但是买张电话卡打个电话回国也是轻而易举的事情。

记得刚来多伦多的时候，我就听说过中国城黑帮的混乱，什么福清帮、越南帮，虽然只是略有耳闻，但是关于这些帮派之间的明争暗斗还是像老版港片里的一般，充满着诡秘又危险的色彩。

我不想捕风捉影，所以一直没有告诉阿吉这一切。但是，总有一天他会知道的，包括他哥哥的结局。时间终归是那把最残忍的刀。

晚上，只留我一个人在这空空的旧房子里，阿吉和高漩都在外面打工。这瘆人的寂静让我有些愧疚感，好似其他人都在努力打工赚生活费，只有我拿着家里的人民币消费着加元的物价。有好几次看到多伦多当地华人论坛里的招工贴，想打电话过去，最终犹豫了半天还是放下了电话。很多华人餐厅都喜欢招留学生，不过是因为便宜。政府不允许没有工卡的留学生在外打工，这些打着黑工的留学生，和阿吉的性质其实没什么两样，如果被警察发现，轻则罚款，重则遣返。所以，我实在不想因小失大，心想还是等读完一年办了工卡再说。

每天晚上，当我听到高漩回来时的脚步声，我就会心安很多。那天深夜，高漩在回家之后，没有直接回到她的房间，而是来敲我的门。

"睡了吗？"高漩的神情有些疲惫。

"还没呢。"我说。

"我可以进来坐坐吗？"高漩疲倦地说。

"当然。"我敞开门。

每一次，高漩来我的房间，都是背靠着我的床，一屁股坐在地板上。也许是我房间的地板比较干净，但尴尬的事实是，我房间里只有一把椅子。

"林承忆约我周末去阿岗昆公园赏枫。"高漩平淡地说。

"去呀，都说那里不错，再不去就过了赏枫期了。"我说。

"你可以陪我一起去吗？"她问我。

"这不太好吧？当电灯泡的差事我可不想干。"我摇摇头。

"不知道为什么，我有些害怕和他单独相处。所以，这回就算你帮我，好吗？"她有些哀求地看着我。

"呃……"我还是有些犹豫，但是看着她哀求的目光，我还是默默地点了点头。

高漩笑了，她把头靠在我的肩上，然后轻轻地问我："路遥，你知道那种，想见一个人，但又害怕见到他的那种感觉吗？我现在就是。"

我应和了一声，老实说，我并不太懂。

我只知道，如果见到一个想见的人，我是快乐的。比如，在下课的时候，在人来人往的走廊里，我紧张又忐忑地在人群里找寻着冯晖的身影。他总是在恰到好处的那一刻出现在我的视线里，穿着一条卡其色的毛衣，略微修身的裤子，头戴一顶黑色的毛线帽，他总是这样温暖。


如他之前所说的，只要他下午没课，他都会来送我回家。我们一起搭电车，然后沿着登打士西街往西走。每一次，我们都会路过约克公园。

通红的枫叶铺满了整个略显荒废的公园，我们两个人坐在已经掉完漆的木头长椅上，略微暧昧的气氛里带着一丝尴尬，我低着头，不知该开什么话题才好。

"这个周末有什么打算吗？我知道一家很不错的意大利餐厅，想带你去。"他说。

"我答应高漩星期天和她一起去阿岗昆公园。"我说。

"噢？那么远。就你们两个人去？"他问我。

"还有一个男生。"

"林承忆?"我话音刚落,冯晖就接了上来。

"你怎么知道?"我有些惊讶。

"哦,上次有听你随口提起过。"冯晖顿了一下,然后解释道。正当我在纳闷着我什么时候对冯晖提起过林承忆的时候,他又接着问我,"如果可以的话,我可不可以和你们一起去?"

"这个……"我有些意外冯晖会提出这个要求,"我帮你问问高漩,应该可以吧。"

"如果不太方便的话,那就算了,我就是想和你待在一起而已。"他认真的语气,让我没有产生丝毫怀疑。

高漩很爽快地就答应了我的请求。那天一大早,冯晖就来到了我家。我特意准备了些简单的早餐,正当我们三个人在啃着面包的时候,窗外传来了几声汽车的喇叭声,是林承忆。

如同那夜我在地下室门口遇见高漩一样,这个普通的清晨,同样是在这栋老房子里,那是冯晖和林承忆第一次正式相遇。

"我来介绍一下,这是我朋友,冯晖。"我拉着冯晖,对林承忆说。

"嗯。高漩昨天打电话和我说了,四个人,刚好坐一辆车。"林承忆并没用多在意冯晖,只是礼貌性地朝他打了一个招呼。

而冯晖却走上前,伸出了手。"你好,我叫冯晖。"他面带笑容。

林承忆因为这一本正经的举动愣了一下,有些迟钝地和冯晖握了一下手,然后说了声:"你好。"

从多伦多到阿岗昆公园,有将近三个小时的车程。那是一个占地有七千多万平方公里的国家公园,每年的秋天,是它最美的时候。漫山遍野的红枫,浓郁幽深的森林,一切宛如到了宁静又绚烂的童话世界。

我们行驶的407公路被称为枫叶大道，加拿大地广人稀，就连高速公路上，也不会有太多车辆。林承忆却偏偏绕开高速公路，拐进几乎要被枫林给覆盖的小路。乡间的枫林小路被淡淡的薄雾所笼罩，前方是一片无尽又迷蒙的红色，我们犹如掉进了一个恍惚的梦境里。

林承忆把车停在了路边休息，他下车抽烟，我和高漩有些兴奋地冲进路边的枫林里面捡枫叶，只留冯晖一人坐在车上。

"嘿，你学什么的？"靠在车上抽烟的林承忆突然问冯晖。

"音乐。"冯晖坐在车里淡淡地说。

"艺术家，有前途。"他抖了抖烟灰。

"呵呵。"冯晖冷冷地笑了笑。他的人生确实可以前途无量，只是，他现在不想要了，也要不起了。他早已无所谓自己的人生，他现在还有更重要的事情要做。一切都在按计划的进行，老天还是可怜了他。

"上车啦。"林承忆用脚踩灭了烟头，然后朝我和高漩挥了挥手。

一个小时之后，我们的车驶进了阿岗昆公园。天气忽阴忽晴，刚才刺眼的阳光在忽然之间就被乌云吞噬了，让眼前的这一片浩瀚的枫树林，显得有些诡秘了起来。

林承忆的车一直绕着山路开，他说山顶的景色最壮观。我从车窗外望出去，沿途是峡谷，还有大大小小的瀑布群。最终，他把车停在了离山顶不远的一块空地上。然后，从后备箱里拿出大袋食物和饮料。

我和高漩一起接过食物，然后打开桌布，开始准备午餐。

"你们先忙着，我去山顶转转。"林承忆突然说。

沿着小路，穿过幽谧的枫叶林，视野在刹那间豁然开朗。枫叶林的尽头，是陡峭的悬崖，悬崖的尽头有一块巨大的岩石，坐在岩石上，可以俯瞰到整个森林公园。林承忆慢慢地走了过去，站在了那块陡峭的岩石上，他的脚下，是这个秋季最无边无际，最绚烂的深红色，犹如鲜血的颜色。

"冯晖去哪儿了？"我边把一次性杯子挨个抽出来，边问高漩。

"不知道，可能是去附近转悠了吧。"高漩说。

"噢。"我并没用多在意。

薄雾中的阳光折射出一个个让人有些晕眩的光晕，一切都包裹在这一片惊心动魄的寂静之中。

冯晖走出枫叶林，无声无息地朝着站在悬崖边的林承忆走了过去。

# Chapter 05

## 第 五 章

一望无垠的悬崖边，只有沙沙的风声，冯晖的脚步声低得几乎听不见。渐渐地，他走到了林承忆的背后，两个人仅隔一肩的距离，他低了低头，已经可以看到脚底下浩瀚的万丈深渊。

"你说，如果我现在跳下去会怎么样？"突然，林承忆轻声地问道。

冯晖一怔，他不由得停下了脚步。

"每年来这里，我都会想这个问题。"林承忆继续说。

"要不，你试试？"冯晖靠近林承忆。

萧瑟的北风吹过，脚下的红色森林像一个无边无际的巨大旋涡。

冯晖深吸了一口气。

"你们在这儿做什么呢？"我摸索着走在小树林里，对着冯晖和林承忆模糊的背影喊。

冯晖一愣，他收回了刚刚伸出去的手，然后转过身，生硬却丝毫没有任何破绽地露出了一个笑容。

"在这儿吹风呢。"他平静地说。

"我和高漩两个人在准备午餐，你们俩却在这里看风景，什么世道。"我微微鄙视了一下他俩。

"伺候男人是女人的天职。"林承忆笑着说。

我们嬉笑着回到了车旁，高漩已经张罗好了一整张桌布的食物。我们席地而坐，大家似乎都饿了，拿起三明治就大口啃了起来。唯独冯晖慢条斯理地剥开包着三明治的油纸，一副没有什么胃口的样子。当时的我并不明白这个男生为何总是这样安静，但我喜欢这样偷偷地注视着他，看着他若有所思的样子。当时的我太天真，太年轻，我读不懂这样平静的痛苦。

赏枫之旅在傍晚的时候结束，回程的路上，林承忆开着车，我和坐在副驾驶座位上的高漩都睡着了。当我迷迷糊糊地醒过来，才发现自己已经把头都靠在了冯晖的肩上。我微微地转过头，看到冯晖睁着眼，他就这样安静地坐着。

"再睡会儿吧。"他看了看旁边的我，然后轻声地对我说。

"嗯。"然后，我就听话地闭上了眼睛。我真的又睡着了，我的头抵着他瘦瘦的肩，微微地有些疼，但我却不想挪动位置。那种微微的不适感似乎在半睡半醒的梦境里告诉我，这荒凉的旅途中，我不再是一个人。

回到多伦多，已经将近晚上十一点。刚打开家门，就发现阿吉在一楼的客厅里坐着，他似乎在等我。

"还不休息？"我关上了门，高漩说了声"我先回房间休息了"就走上了楼。

"唔，刚从餐厅回来。"他的语气总是支支吾吾的。

"每天工作到这么晚，很辛苦吧。"疲惫的我并不想和他多聊什么。

"还行，在国内我也是这么干。对了，我想我马上就会凑足那登广告的两千块钱了。你答应我的事……"

"放心，我一定帮你联系报社，这对我来说只是举手之劳。"我有点无奈，帮阿吉这个忙对我来说并没什么，麻烦的是他可能要一直这么缠着我。

"嗯。谢谢你啊。"他暗暗地舒了一口气，脸上露出了一丝笑容。

"我先上楼休息了。"我朝他打了一个招呼，便疲倦地走上楼去。

回到房间里，整个人直接瘫倒在床上，疲惫得怎么都不想动，躺在床上胡思乱想，无意间想到这个月快结束了，心头便一沉，又要交下个月的房租了。刚来加拿大的开销本来就大，从国内带来的那些钱，也已经花得差不多了。明明连下个月的房租都要成问题了，前几天给妈妈打电话，当被问到生活费够不够用时，却还死撑着说"够花""没什么问题"。

而我这样说谎，不过是因为，妈妈在国内一个月的收入，可能还不够我一个月的房租。这些话，我说出来，除了让他们的头上多几根白发，还有什么用。

有些心烦的我顺手拿起了床边阿吉给我的那份中文报纸，无意瞥了一眼，发现有一版全是各类的招工广告，我好奇地凑近那份报纸。

几乎全是薪水低廉的技术类工作，比如餐厅服务员、收银员之类的。突然，我的目光锁定在了报纸右下角一块不起眼的广告上：玫瑰谷（Rosedale）私家住宅招募钟点工，每周工作十小时左右，薪资二十加元每小时。有意者请联系：647-××××-××××。

每小时二十加元的薪资，对于兼职来说，已经算很不错了。而且每周工作十小时也不会影响我的学习。我不由得盘算了一下，按照一个月四周，每周工作十小时来算，我一个月的收入就足够支付房租和大部分的生活费了。我兴奋地掏出手机记下了那个电话号码。

第二天，才刚结束上午的课，我就忐忑地拨通了那个电话号码。

电话里，是一个说国语有着粤语口音的中年女人。一切比我想象的要顺利，她简单地问了我的情况之后，就通知我下午去面试。我飞快地从书包里掏出笔记下了她给我的地址。

那户人家住在玫瑰谷。可能没有多伦多人不知道玫瑰谷，也没有多伦多人不想住在玫瑰谷的房子里。那是多伦多，甚至整个加拿大最顶级的豪宅区之一。我总是能听到加拿大人谈论着玫瑰谷的房子，讨论着谁谁谁住在玫瑰谷，好似这是高贵身份的象征之一。但是，这些都离我太遥远了，所以，我对它没什么了解，也没有想象。

我确实想象不到在离这个城市最繁华区域的仅仅几个街区之外，有着这样一片犹如世外桃源的小天地。结庐在人境，而无车马喧。由于特殊地势的原因，这一块住宅区被美丽的河谷和绿地包围，几乎每一栋房子都是风格各异，有着悠久历史的独立别墅。安静的街区上没什么行人，我有些恍惚地照着记在纸上的地址，找到了那栋外表被白色大理石装饰一新的大房子。

轻轻地按响了铁门旁的门铃，一个穿着干净制服，大约六十岁的女人从屋子里走了出来。

"你是路小姐吧？"她隔着铁门，谨慎地问我。

"嗯，我是。我们上午刚通过电话的。"我朝她点了点头。

"嗯，请进吧。"她走到一边，打开了铁门。

黑色的花纹铁门"吱嘎"一声被打开了，我小心翼翼地走了进去。房子前面是一个欧式的喷水池，两边是被园丁精心修饰过的花园。我无意间朝房子的背后瞅了一眼，居然看到了一个露天泳池。走进屋子里更是傻眼，宽敞的大厅里挂着水晶灯，一条环形的楼梯直通二楼。

然而，和幽静的玫瑰谷一样，这个大房子也安静得可怕，似乎只有眼前的这位老阿姨住在这里。

"请问，你是这个屋子的主人吗？"我问道。

"当然不是。我是这里的管家。你叫我王太就好了。"她说。

我们坐在客厅的沙发上,她用一口不太流利的国语询问着我的情况。

"没有经验不要紧,关键是做事要细心,不能偷懒。之前的一个用人回印尼去了,我一个人又忙不过来。所以,想暂时找个帮手。薪水就按报纸上登的那样给,家里事多,如果可以的话,明天就可以过来先工作几天看看。"

"嗯,当然可以啊。"我点着头,兴奋地答应了下来,没有想到一切会如此顺利。

"好的,请问路小姐是本地人吗?"王妈问道。

"不是,我是国际留学生。"我说。

"噢,没关系。那明天你过来的时候,麻烦给我一份你的工签的复印件。"王太继续说。

"我……我还没有办工签。"我低了低头。

"没有工签?"她的声音瞬间提高了八度,"没有工签你也来面试?对不起,请你走吧,我们不想犯法。"王太的脸一下子阴沉了下来。

"可是,我真的很需要这份工作……"我恳求道。

"请你走吧。"王太摆了摆手,然后站起身,做了一个送客的动作。

正在这时,从二楼传来了一个男人浑厚的声音。

"谁在楼下?"二楼的走廊上,出现了一个戴着眼镜的中年男人,一看气质便知道是这栋屋子的男主人。

"来面试钟点工的留学生。没有工签,都没有在电话里直说,害我浪费时间在这里和她费口舌。"王太有些怨念地说道,我站在一旁低着头,尴尬得说不出话来。

"哦?"他看了我一眼,然后从楼上走了下来。

"你是大陆来的?哪里人?"他的国语是字正腔圆的普通话。

"浙江。"我有些胆怯地抬了抬头。

"噢,我认识很多浙江人,他们大多很聪明,又能吃苦。"他站在那里,打量着我。

"只是这些留学生都不懂加拿大法律！"王太依然在一旁振振有词。

"留学生在国外不容易，如果家里条件好，也不会找到这里来。先过来试用几天吧。"他转过身对王太说道。王太一听也不多说什么了，点点头答应了下来。

站在一旁的我百感交集，点着头连说"谢谢"，他却挥了挥手，没多说什么便上楼了。

"薛先生真是好人。生意做那么大了，还体谅你们这些留学生。"王太在一旁感慨道。

当时的我并不知道，眼前这位不高不矮，有些微瘦的中年男人，在多伦多的华人商圈里可是大有名气。薛先生在二十多年前来到加拿大，刚开始和很多两手空空的技术移民一样，在餐馆里擦过盘子，在洗车场里洗过车子。通过辛苦廉价的工作积累了第一桶金之后，薛先生瞄准商机，开始做起了中加两国之间的贸易生意。20世纪90年代初，当中国制造的商品逐渐充斥在全球各个国家的时候，薛先生的生意也越做越大。现在，他已在温哥华和多伦多拥有两家资产过亿的贸易公司。

这就是一个白手起家的中国技术移民的传奇。这个时代残忍又公平，有人能住进玫瑰谷的百万豪宅，有人却可能一辈子都在唐人街的餐馆里端盘子。

离开薛宅之后，走在玫瑰谷幽静的马路上，我忍不住掏出手机给冯晖发了一条短信——"我找到兼职了！下个月不用睡马路啦。"

过了一会儿，"叮咚"一声，手机里跳出了冯晖的回复——"真不开心，本来还想在你无家可归的时候收留你，让你做我的小保姆的。"句子后面，还俏皮地配上了一个窃笑的表情的符号。

"去你的。"我是面带着幸福地傻笑打出那三个字的，我想冯晖看到信息的表情，一定也和我一样，像个孩子一样傻呵呵地笑。

城市的另一个角落，傍晚的余晖折射进安静的琴房里。冯晖划开了手机屏幕，看了一眼我的回复，然后面无表情地把手机塞回了裤子口袋里。

琴架上的五线谱是今天练习的曲目，《Libertango》，电影《探戈课》的主题曲，也是冯晖最喜爱的曲目之一。

他拿起琴弓，然后缓缓地闭上了眼睛。

一曲奏罢，琴房走廊外的窗台边突然传来一阵鼓掌声。冯晖转过头，看到了一个熟悉的身影。

居然是林承忆。

他在窗边朝冯晖打了一个招呼："刚在附近听到有人拉琴，就好奇地走过来了。"

"你这水平，足够进加拿大国家乐团了吧？"他边说边朝琴房里走来。

"还欠点火候，你们外行人听不出来，内行人就懂。"冯晖淡淡地笑了笑。

"反正我是不懂，呵呵。"林承忆摆了摆手，突然，他饶有兴趣地问冯晖，"你学这个有几年了？"

"快十年了，出国前就学了。"冯晖说道。

林承忆像是对冯晖很感兴趣，他拉了一张凳子坐了下来。

"上次听路遥说，你之前一直在美国？"

"嗯，十四岁就去了美国。"

"为什么来加拿大？美国牛×的乐团比比皆是。"林承忆好奇地问。

冯晖停顿了一下，他对视了一下林承忆疑惑的眼睛，然后露出了一丝略微诡秘的微笑："因为有很重要的事情要做。"

"好吧。"林承忆摊了摊手，他没有再问下去。

"留个电话给我吧，这个周末约你出去喝酒。"林承忆爽快地说。

"嗯。"冯晖掏出了手机。

林承忆离开后，空荡荡的琴房里又只剩下冯晖一个人。他翻了翻琴架上的曲谱，不知何时，他迷恋上了探戈的旋律。每次演奏的时候，脑中都会浮现出两个人在舞池中一进一退的画面，可能没有人会注意到，其他舞蹈在跳舞时都要面带微笑，唯独探戈要求舞者表情严肃，他迷恋这种被压抑着的严肃感，像是在导演一个秘密。

如同他现在正在做的事。

星期六早晨，我像往常一样早早起床，然后坐电车去玫瑰谷的薛宅。

虽然出国前我从来没有想到有一天，我会在别人家里拿起拖把和抹布。但是，我心里却没有一点点失落感。可能是那二十加币一小时的酬劳对我来说太诱人，也太重要。

更让我觉得幸运的是，这份用力气赚钱的工作，并没有我想象的那样辛苦。一大早，我只是在厨房和王太一起准备早餐。

"有几个人用餐？"我边收拾着餐盘，边问王太。

"一般来说就两个人，薛太太这段时间都在国内。"王太煮着热牛奶。

"还有一个人是？"

"薛先生的儿子啊，薛子逸。和你一样，也是多伦多大学的学生。不过，他快毕业了。"王太把热牛奶往玻璃杯里倒，"快把餐碟摆到餐桌上去，子逸已经起床了。"

话音才刚落，就听到从二楼传来一阵干脆利落的脚步声。不一会儿，一个穿着黑色衬衣的高大男生出现在了餐厅里，我的目光在无意间和他英俊的双眸对视到。

"……嗨？"我有些尴尬地朝他打了一个招呼。

"这人是谁？"他并没有理我，只是瞥了我一眼，然后转过头问王太。

"噢，这是路小姐，新来的钟点工，和你一个学校哦，是个国际学生。"
王太介绍道。

"哦，用人怎么不穿制服？"他轻描淡写地说道。"用人"二字却像针一般扎进了我的脑子里。

"用人你个鬼，我只是来工作完就拿钱走人的临时工！"我在心里咒骂道。

"我要Croissant。"他管自己坐了下来，然后微微地抬了抬头，用一种命令的口气对我说道。

"什么？"我一愣。

"Croissant。"他再一次重复了一遍。

他看我微微皱着眉头，还是不明白的样子，无奈又带着微微鄙视地叹了一口气，然后走到橱柜前，拿起柜台上的那一篮羊角小面包，然后凑到我面前，冷冷地对我说："不好意思，这个东西我不知道用中文怎么说。不过，你要不要先回中国去把英文学好了再来加拿大？"

他说完便转身坐了下来，边翻着桌上的报纸，边吃着早餐。

我在一旁涨红着脸，一种莫名的情绪，不知道是愤怒还是委屈，当时我只想立刻消失在餐厅里。

王太察觉到了我的尴尬，她推了推我，然后说："和我一起去打扫一下客厅，我来教你怎么用吸尘器。"


薛子逸在吃完早餐之后，便抓起桌上的车钥匙出门去了。王太在客厅用一口吃力的国语介绍着吸尘器上的按钮。我实在有些忍不住，问王太："那个薛子逸，他是不是一直都这样没礼貌？"

"唉，他的个性一直都是这样。薛先生只有这么一个儿子，能不宠他吗？不过，东家的一些话，你听了就当过去了，没必要放在心上。"王太安慰我。

"嗯，我没在意。"我点点头，心里却还是委屈。

在这个陌生的国家，我自知没有很多热辣奔放的本地女生漂亮，也不能像很多家境富裕的留学生一样买漂亮的衣服打扮自己。我深知自己唯一的筹码只有学习。然而现在，连之前一直很有信心的英语也被人嘲笑唾弃。我真为自己感到悲哀和伤心。

一整个下午，我都闷闷不乐。离开薛宅之后，我给冯晖发短信——"你在哪里？我想见你。"

不一会儿，就收到了他的回复——"在学校，怎么啦？"

心思细腻的他察觉到了我的不愉快，我回复了一个"见面说"就往学校赶。


冯晖在音乐系的那栋大楼下等我，我一看到他，就走上前去问他："你知道Croissant是什么意思吗？

"羊角面包啊。"他不假思索地回答我。

"你们这种很小就出国的人真是讨厌！"我委屈地哭了出来。

冯晖被我这突如其来的反应吓了一跳，他赶紧搂住我问我发生了什么。当我把今天上午发生的事情和他说了之后，他却忍不住笑了出来。

"你瞧你委屈的样子，就为了这点事？"他怜惜地捏了捏我的脸。

"我很受伤好吗？"我红着眼睛。

"那要不，我帮你去揍他一顿好了，他叫什么名字来着？"

"不必啦。我可不想丢了这个工作。况且，他爸是好人，我没有工签都留我在他家工作。"我说。

"哎，小宝贝受伤了，我该怎么补偿你呢？"他水汪汪的眼睛看着我。

我突然害羞了起来，这是他第一次那么亲昵地叫我。刹那间，我不知该如何回答。

"那这样吧，今晚去我家，我来伺候你，做饭给你吃。"冯晖突然提议道。

"你做饭？"

"嗯，我的厨艺在波士顿华人界可是赫赫有名的。"他打趣着说。

晚上，我们一起坐电车去东约克，然后在冯晖家附近的超市买食材。他推着车，我在旁边挽着他的手。我们一起选购着货架上的蔬菜，讨论着该买哪一款酱油。结账的时候，我看着前面他高大的背影，觉得自己无比幸福。就算不知道羊角面包的英文是什么那又怎样呢？生命中有太多比这个更重要的事了，比如我眼前的这个男人。

冯晖的厨艺果然惊人，简简单单的几道家常小菜却炒出了高级餐馆的味道。我也完全不顾淑女的形象，一口气把饭和菜吃了个底朝天。

冯晖租的那栋旧独立屋比我家还小，因为房客多，所以不大的餐厅和厨房都堆满了杂物。他在餐厅昏黄的灯光下，看着吃得津津有味的我，满足地笑了。我突然觉得他的那种眼神有种似曾相识的温暖，我在加拿大没有看到过这样的眼神。这样的眼神，好像我的亲人。

吃完饭，我们一起谈笑风生地在厨房里洗碗。洗完后，他拿起纸巾擦了擦手，然后轻轻地对我说："走，去我的房间吧。"

我不傻，我也已经二十岁，有些事情我已经隐隐约约地开始明白。他的这句话，好像是一个暗示。

但是，我对他说："好。"

他的房间是二楼的一个小阁楼，房间里的东西少得让我惊讶，一个大行李箱，一个陈旧的书桌，一张单人床，仅此而已。房间里一片昏暗，当我走进门，他突然抱住我，然后把我抱到了床上。黑暗中，只有他略微急促的呼吸声。

我们两个人挤在那一张小单人床上，他伸出手把我的头埋进他的怀里，他的身上没有花哨的香水味，只是淡淡的洗衣粉的香味。

"冯晖，我喜欢你。"只有在黑暗中，我才有勇气说出这句话。

可他却不说话，只是抱着我。突然，他的身体微微颤抖了起来，他像是哭了。

"怎么了？"我抬起头，银色的月光把他脸上的泪珠照得发亮。

"没什么，只是觉得自己很幸福。"他说。

"傻瓜。"我低下头吻他，他的泪水渗到了我的舌尖上，是干涩的咸味。


和你在一起，我好像可以忘记很多我不想去记得的事。但是，我很清楚自己的自私和无情。不想记得，并不代表我甘心去忘记。有些痛苦，并不是可以轻易抹去的。所以，对不起啊。

对不起。


那个夜晚，在那个有点透风的小阁楼里，冯晖就这样抱着我，仅此而已。当我把这个小秘密分享给临安安的时候，她脸上的表情可以用惊讶再加上一点点鄙视来形容。

"天哪，你们是在演什么纯情又肉麻的戏码？两个人只是在一起抱一夜？我听了就浑身起鸡皮疙瘩！"临安安夸张地捂着头。

"难道……一定要做那种事才算是正常？"我有些害羞地抬了抬头。

"不然呢？冯晖这男生太奇怪了。"临安安耸了耸肩。

"那你和丹尼尔呢？"我好奇地问。

"我十七岁来加拿大读高中，班里就我一个女生是处女。所以，你觉得呢？"临安安这样回答我。

我默默地在心里叹了一口气，我的世界观和爱情观可能永远也不会变成临安安这样。临安安可以在分手后像没事儿似的继续过她的生活，可我不能。而且，我居然很庆幸那个晚上没有和冯晖发生什么，并不是怕自己吃亏，而是觉得，我们的感情，到现在为止，是完整的，是纯洁的。尽管，这在临安安看来很傻，在后来的我看起来，也很傻。

　　周五的夜晚，对于绝大部分的大学生来说，是属于各种各样的派对的。特别是对于临安安和林承忆这样的派对动物来说。特别是临安安，她是典型的"work hard, play hard"，平时和我一起去图书馆，到了周末便彻底扔下课本在家里开派对，去夜店跳舞。这是标准的北美大学生的生活方式，我不行，我平时就对各种考试担惊受怕。加拿大的大学采取淘汰制，说得通俗些，每个学期成绩排名最末尾的那一部分学生就会被淘汰，失去继续学习的资格。哪怕你每门课都及格，只要你的成绩在最后被淘汰的那一部分里，面临的也是一样的结局。所以，在加拿大读大学读了五六年才毕业的大有人在。

　　而我最耗费不起的便是时间，我多消耗一年，便意味着父母要多花费他们几年的积蓄。加上现在打工花费了不少的学习时间，所以，这个周末，我打算老老实实地待在家里复习。

　　周五傍晚，我看到付寒出现在了下课放学的人潮里。

　　"路遥，临安安今天晚上要去哪里玩你知道吗？"他凑了过来，然后问我。

　　"不是去丹尼尔家里吗？我不去了，周六还要去打工。"我随便搪塞了一个借口。

　　"我就奇怪了，人家兄弟会的活动，她一个女孩子去干吗。"付寒皱了皱眉头。（兄弟会：北美大学男生的社团组织。）

　　"哦？是吗？那我就不清楚了。"我摆摆手，临安安的社交圈向来广，这没什么好奇怪的。

　　"而且就她一个女孩子。"付寒补充道。

　　"你知道的还挺多的嘛，上哪儿打听了那么多小道消息的？"我嘲讽他。

　　"因为我一个兄弟会的朋友也邀请我去他们的聚会了。"他说。

"哇，那你去吗？"这世界就是如此小，老天总是导演着冤家路窄的戏码。

"当然不去。去干吗？去看临安安和那个白人打情骂俏？唉，随意了，我回家啦。"他叹了一口气，拽了拽书包，朝我打了个招呼便走了。

回到家，看到高漩在厨房里忙活着，两个炉灶都开着，她正在炒菜。

"哟，今天兴致这么好，自己做饭哪？"我关上门，凑到厨房里。

"是呀，就等你来一起吃。"高漩笑着回答我。自从上次的阿岗昆之旅后，我发现高漩和我的关系明显要亲密了许多。

"林承忆今天晚上设了一个局，在国王街上的一个酒吧，你要一起来吗？"她把菜盛到盘子里，问我。

"不去了，我要复习。"我回答道。

"你确定？他还邀请了冯晖呢。"高漩继续说。

"是吗？冯晖没有和我说起这回事啊。"我愣了一下。

吃完饭，我掏出手机给冯晖发了一条短信——"今天晚上林承忆约你去喝酒？"可是过去了一个多小时，都没有收到回复。

我并没有多在意，在写字台上摊开课本和笔记准备开始复习。从小，我就练就了一学习就投入的抛开一切的本领，我深知自己在学习上的天赋并不比别人要好多少，所以，只能强迫自己专注。

时间不知不觉地过去了，眼睛在昏黄的灯光下已经觉得酸涩。于是，掏出手机看了看时间，居然已经晚上十一点多了。而手机里依旧没有冯晖的短信。

正当我想给冯晖打电话过去的时候，手机突然振动了起来，是高漩的来电。

"喂，路遥……"电话里，是高漩略微颤抖的声音。

我的心突然一沉，突然有一种不祥的预感。

"林承忆出事了……"

"怎么了？！"我惊讶地问。

"警察在他身上查出毒品，现在，他已经被警察带走了……"她的声音像是快哭出来了。

"你先别紧张，你现在在哪里？我现在就过来。"我深吸了一口气。然后，我抓起门背后的大衣，就往楼下跑。

西区怡陶碧谷，付寒的车突然停在了某栋普通的独立屋前。"轰隆轰隆"的音乐声夹杂着年轻人夸张的笑声从独立屋里隐隐约约地传出来。他望着倒映在窗帘上隐约浮动的人影，然后叹了一口气，有些不安又无奈地踩了一脚油门，消失在了那条隐蔽的街道上。

深夜寒冷的北风有些寂寥地吹着，之所以说它寂寥，可能是因为不再有落叶与它为伴。

是深秋了。

# Chapter 06

## 第 六 章

　　警局门口，我看到冯晖面无表情地站在昏黄的路灯下，高漩则坐在一旁的台阶上，她把头靠在膝盖上，暗暗地抽泣着。

　　"林承忆的情况现在怎么样了？"我跑过去，轻轻地搂了搂高漩的肩膀。高漩抬起通红的眼睛，疲惫地看着我："警察在他身上查出了毒品，人赃俱获，情况肯定不会好……"

　　"如果留学生被查出携带毒品，结果会怎么样？"我转过身，轻声地问冯晖。

　　"我以前听说过有人被查出吸食可卡因，不仅被遣返，还被监禁数年。更何况是冰毒。"冯晖叹了一口气。

　　"你怎么知道是冰毒？"高漩突然抬起头问冯晖。

　　冯晖一愣，然后有些支支吾吾地说："刚才……刚才警察不是有说吗？"

"有吗？"高漩有些疑惑地皱了皱眉头。

正在这时，从警局里走出一个人高马大的加拿大警察。

"你们是林先生的朋友？"他看了看我们。

"是的。"我点了点头。

"他已经做完了笔录，你们其中的一位可以进去探视。"

我和冯晖一同看了看高漩，高漩朝警察点了点头，然后跟随他进入了警局。警局外面的走廊上，只剩我和冯晖两个人站在寒风中。他走过来，搂了搂我的肩，然后轻声地问我："冷吗？冷的话我们就坐里面去等。"

我摇摇头，然后有些恍惚地问："当时的情况到底是怎么样的？警察怎么会突然去搜查林承忆呢？"

"我也不清楚……唉，别担心啦。会好的。"他拍了拍我的肩。

"不知道为什么，心里觉得空空的，总觉得有些不好的事情要发生。"我把头靠在冯晖的胸膛上。

冯晖温柔地抚摸着我的背，像在抚慰一只小猫。他的嘴角抽动了一下，像是本想说些什么，但是却被暗暗地收了回去。他似乎在掩饰着什么。


警察局里面，隔着一张黄色的旧桌子，林承忆和高漩面对面坐着。

"怎么还不回家？想留下来陪我一起蹲拘留所吗？"林承忆无奈地开着玩笑。

"刚才做笔录你都和警察说了些什么？"高漩问。

"我说，我并不知道那个白色的鬼东西是什么，也不知道它为什么会出现在我的大衣口袋里。"

"警察相信你？"

"你说他们相不相信？就像你杀了一个人，而你却解释说，我并不知道刀怎么会在我的手上。有人会相信么？但是事实就是这么×蛋。"林承忆深呼吸了一口气，努力地控制着自己的情绪。过了一会儿，他转过头，看着高漩，然后问道，"那你会相信我吗？"

"我相不相信你，有什么用？"高漩的眼睛红红的。

"小漩，你早点回家吧，我已经通知了我的律师，会没事的。"林承忆苦笑了一下。

警局门口，我看到高漩面无表情地从警局里走出来。

"情况怎么样了？"我走到高漩面前。

高漩没有说话，然后，她搭了搭我的手，有些疲惫地对我说："我们回家吧。"

我们和冯晖在警局门口分别，我和高漩搭上往西驶去的电车。我们互相倚靠着坐在电车的最后一排。有轨电车打着"叮叮叮"的铃声穿行过夜色中的城市，当驶过士巴丹拿道，那一片安静又破旧的街区，总是充满着危险的意味，如同他们的爱情。高漩看着窗外的寥寥人影，思绪又被拉回到了一年前的那个冬天。

蒙特利尔的冬天，几乎每天气温都在零下二十摄氏度左右徘徊。或许是因为林承忆的出现，她并没有觉得那个冬天有多寒冷。每天清晨，林承忆都会开车来接高漩一起上学。法语班的课程并不紧张，往往下午两三点就放学。放学后，林承忆带她去餐厅吃饭，去老城逛街。有时，他会把车开到皇家山的山顶上，那是俯瞰整座城市最好的一个观景点。

寒风刺骨的山顶，几乎看不到一个游客。透过山顶的茫茫冰雾，她第一次觉得这个城市那么美，古老的法式建筑和北美现代化的高楼交织在一起。几百年前，第一批抵达这片土地的欧洲移民，誓言要在这片遥远寒冷的北美大陆上建起第二个巴黎。如今，当人们提起这座城市，总是会称它为"小巴黎"。

但这座城市和巴黎终究是不同的，巴黎没有这样漫长决绝的冬天。没有这样让人觉得如果没有爱情，就活不下去的冬天。

　　林承忆时常带她去他朋友家吃火锅，小小的桌子旁，围坐着七八个中国留学生，彼此也并不完全认识。但大家却天南地北地聊，气氛很好。那些男生，无论外表和谈吐有多普通，但凡家里条件不错，而且有个车的，身边总不缺女朋友。这并不难理解，每个人都是小小年纪就来到异国求学，难免寂寞，有个伴儿打发打发时间总是好的。

　　高漩能隐约感觉出那些女生暗暗地对着林承忆虎视眈眈的样子。她本能地有些抗拒和那些女生接触，也并不想和她们打成一片。有时看到她们在角落瞄着自己窃窃私语，高漩也毫不在乎。

　　吃完火锅，一屋子人又兴致勃勃打算去卡拉OK唱歌。国外卡拉OK的设备和国内的简直有天壤之别，小小的屋子，一台普通彩电都没有触屏点歌功能。但是，一群人却玩得很high，大家喝着酒，抢着麦克风，氛围很不错。高漩却悄悄地站起身，离开了那个空气混浊的房间，走到了走廊上。

　　林承忆也跟着走了出来。"怎么了？"他拽了拽高漩的手。

　　"没事，出来透透气。"高漩说。

　　昏暗的走廊上，高漩靠在林承忆的肩上，然后轻声地问道："你是真的喜欢我吗？"

　　"是不是每个女生都会问这样的问题？"林承忆笑，然后，他继续说，"如果你哪天突然离开我了，我会去找你。"

　　高漩看着林承忆明亮的瞳孔，她忽然觉得自己变得有些不太像自己。因为她渐渐地，开始去相信一个人。

　　她人生里第一段真正的爱情就这样意外地开始了。每天放学后，他们一起吃晚饭，吃完就回林承忆的公寓。林承忆的公寓在蒙特利尔老城里，旧石板路，一条条狭小的街道里，随处可见精致的咖啡店和画廊。深夜，她突然醒了，林承忆还在旁边熟睡着，她悄悄地下床，走到厨房里倒一杯热水。窗外正飘着鹅毛大雪，大雪中的城市寂静无声，她第一次在这片陌生的土地上有了一丝归属感。

她变得很少才回一次家，或者说，她从来没有认为那个地方是她的家。就像她从来不认为只要有血缘关系，就可以互相称之为亲人。

清晨七点，当这个城市的天还是蒙蒙亮的时候，我在睡梦中接到了临安安的电话。

"喂，路遥。"电话里，临安安的声音有些微弱。

"怎么了？一大早的。"我迷迷糊糊地揉了揉眼睛，瞥了一眼放在桌上的闹钟。

"我想求你一件事。"临安安带着哭腔咳嗽了一声。

"什么事啊？"

"能不能陪我去一下医院。"她用沙哑的声音说。

当我疑惑地问她发生了什么事的时候，她顿了顿，说见面再说。

加拿大的医院需要预约才能见到医生，所以，我和临安安来到了一家私人诊所。清晨的诊所冷冷清清的，我坐在走廊上的长椅上等临安安。大约过去了半个小时，临安安一脸疲惫地从房间里走了出来。她的头发凌乱，身上只套着一件单薄的外套。

"到底发生了什么？你不舒服？"我疑惑地过去，挽了挽她的手。

"昨天晚上，我被强暴了。"当她故作镇定地说出这句话的时候，两行眼泪毫无防备地从眼眶里滚了下来。

"你说什么？"我的脑袋一蒙，完全没有料到会是这个答案。

"昨天晚上，在丹尼尔家里，我喝多了，丹尼尔可能也喝多了……"

"所以，是丹尼尔干的？"我的手脚冰冷，倒吸了一口凉气。

"是他的朋友……兄弟会里的那群人。"临安安说的是那"群"人。

"你怎么不反抗？！你是傻子啊！"我忍不住叫了起来。

"你以为我不想？如果当时我有把枪，他们早就都死了……"临安安颤抖着嘴唇，"我们都喝多了，丹尼尔在二楼睡觉，他们就把我拖到了地下室……"

我可以想象到那个让我胆战心惊的画面。"你为什么不报警？！"我质问临安安。

"报警？呵呵，明天关于我的新闻就上头版了。除了让全中国的人知道有一个叫临安安的加拿大女留学生被轮×了，其他还有什么好处？"临安安绝望又冷静地说道。

"丹尼尔呢？他死哪里去了？"我有些愤怒地问道。

"这种白人，一遇到事情，如果和自己没有关系，马上撇得干干净净的。"临安安苦笑道。


整整一天，我都陪临安安一起待在她的公寓里。我们躺在床上，她抱着我一直默默地流着眼泪。这是我第一次看到她哭，不是歇斯底里的那种大哭，她的眼泪痛苦得很冷静。也只有临安安，在发生了这样的事情之后，第一时间想到的是去医院检查自己被侵害的身体，把伤害降低到最小。然而，现在她的这份冷静，在我看来，却有一种莫名的讽刺。

手机铃响，是付寒。犹豫了一下，我还是接了起来。

"喂，路遥，临安安的手机怎么一直关机啊？今天晚上想约你们俩吃饭呢。"他总是这样开门见山。

临安安翻过身，疲惫地问我："谁的电话？"

"是付寒。"我轻声说。然后，我看了临安安一眼，问道，"要……告诉他吗？"

临安安红着眼睛，点了点头。

"你来临安安家吧，我和她都在。"我有些哽咽地说。

　　付寒的反应完全在我的意料之中，他气得满脸涨红，立马想冲出门去找那帮兄弟会的人算账。我拉住他，对他吼："你滚回来！我们把这件事情告诉你不是让你去做傻事的！"

　　"那你为什么告诉我？！"付寒猛地一甩手。

　　"因为我们把你当作朋友！"我的手臂被付寒甩得生疼。

　　付寒愣住了，他像是在刹那间冷静了下来。然后，他走到临安安的床前，蹲了下来，紧紧地握住了临安安的手。

　　"你和我好吧，无论怎么样，我都爱你。我不在意，我真的不在意。"他眼眶通红地看着临安安。

　　临安安不说话，然后，她轻轻的一甩付寒的手，冷冷地说："你现在是在可怜我吗？你以为你是救世主了？是不是觉得自己现在特伟大？"

　　临安安冷漠的声音犹如一把把锋利的尖刀往我的耳朵里刺，我突然想起曾经问付寒为什么喜欢临安安的时候，他像个孩子般天真地说："因为我想认真地做一件事，认真地喜欢一个人。"突然，一股莫名的愤怒在我的内心深处涌了上来，我实在忍不住，用一种前所未有的厌恶的口气对临安安说："那你又以为自己是谁？上帝么？"

　　"路遥，你发什么神经？"临安安愣住了，朝我皱了皱眉头。

　　"临安安，如果你真的认为，当有人在现在这个时候依然说爱你，是因为想证明自己伟大的话，我真为你的价值观感到失望。我一点都不觉得你说出的那些话有多一针见血，都这个时候了，你还要用贬低别人的方式来衬托出你的高贵。我真的为你感到可悲。"

　　临安安愣住了，她没有想到平日里有些"逆来顺受"的我，会说出这些话。

　　"我高贵？呵呵，没错，我不需要你们任何人的同情。你们现在就给我滚，滚！"她突然抓起床旁边的枕头朝我砸了过来。

　　"你根本不值得被任何人同情！"我的眼泪掉了下来，我用力地抹了一把眼泪，然后冲出了临安安的公寓，"啪"的一声关上了门。

临安安的公寓靠近多伦多最著名的那条购物街，公寓楼下的世界一如往常，车水马龙，到处是神采奕奕手拿咖啡和购物袋的型男型女。满脸狼狈的我有些恍惚地坐在了公寓门口的花坛上，不知道该往哪里去。

我的手还在颤抖，我不明白自己为何要对临安安发如此大的火，这根本也不关我的事啊。我在做什么英雄？但是，我不后悔，一点都不。

付寒从公寓楼里走了出来，他站在我面前，然后递给了我一张纸巾。

"谢谢你。"他轻声说。

"谢我什么？"我抬起头，看着他那双闪亮的大眼睛。

他不说话，只是对我笑了笑。

"让她好好安静一下吧，我们都别掺和了。"过了一会儿，付寒说。

"你说，她会不会做出什么傻事？"我还是担心临安安。

"如果会，她就不是临安安了。她不会被任何事情击倒的。这点我懂她。只是，我们都要保守这个秘密，不要对任何人说，包括冯晖，好吗？"付寒考虑的，始终是临安安。

我朝他点了点头。

之后的几天，我都没有在校园里碰到临安安，也没有主动联系她。我的日子一如往常，每天上课，去图书馆，回家，似乎什么都没有发生过一样。高漩也是，依旧过着酒吧打工、学校上课两点一线的生活。生活要继续，只要不是身体要面临死亡，就得撑着，像摊烂泥似地撑着。

而我从高漩口中得到的关于林承忆的消息，也只有"已经联系了律师""可能会被起诉""还在和警方交涉"而已。案件一直僵持着，没有什么进展。

周末，我照例去薛宅做钟点工。王太一大早便出门办事，把这个空荡荡的房子留给我打理。不过也好，一个人工作反而觉得自在。我从储藏室搬出吸尘器，开始清扫客厅。

刚开始打扫不久，就听到一阵急切的脚步声从楼上传来。突然，一个人影出现在面前，把我着实吓了一跳。

是薛子逸。他傲慢地看了我一眼，然后用一口生硬的中文说："可以不制造噪音吗？我在楼上学习。"

"啊？哦。"我尴尬的点了点头，然后关掉了吸尘器。

他漫不经心地说了句"Thanks"就转身走上了楼。刚走到二楼，他又回过身，提高音量对着楼下的我说："可以帮我去买一杯星巴克吗？Americano，Venti size。"

"星巴克？这附近有吗？"我一愣。

"你拿手机搜一下不就知道了。"他说完便回到了书房里。

"我只是来打扫卫生的钟点工，不是你的私人保姆！"懦弱的我也只能在心里呐喊着，但我还是选择了接受。我有些懊恼地拿出手机，打开地图搜索附近的星巴克。

最近的一个星巴克离这里有一公里，公交路线是搭一站公车，然后走650米。我暗暗地叹了一口气，准备出门步行去帮这位少爷买咖啡。

当我顶着深秋多伦多的大风，来回走了两公里，端着一杯咖啡站在薛子逸书房门口的时候，我真有一种想把咖啡泼到他身上的冲动。

我敲了敲他书房的门，他开了门。"哦，谢谢。"他毫不客气地拿过咖啡。

"对了，你有加糖吗？"他又问。

"没有，你没有和我说过啊。"

"不加糖我喝不惯。"他皱了皱眉头。

"我去厨房给你加糖。"我伸出手，想接过他手里的咖啡。

"厨房里的那种糖不好，要细糖。"他说。

"我难道再回去给你加糖？"

"算了，就这样吧。"他满脸不爽的样子，然后"砰"的一声关上了门，只留我一个人站在空荡荡的走廊上。

我默默地走下楼，走进厨房，拿起放在一角的抹布开始在水龙头底下搓了起来。听着哗哗的水声，心底突然涌起一股莫名的委屈。但又马上自嘲了一下，这点委屈就受不了了？虽然出国前自己从未在家里拿起过脏的抹布和碗筷，也是家人手心里的宝。但是，出国后，我就告诉自己，一定不能再让父母为自己背负这样大的负担，一定要靠自己的能力生活。哪怕有人把钱扔在地上，只要那是自己该得的，也要弯下腰低下身一张张的把它捡起来。在渐渐苍老的父母面前，我还有什么是不能忍的。


离开薛宅之后，冯晖约我吃饭。地点是我一直很喜欢的日本拉面店。

多伦多的日本拉面店非常正宗，从厨师到服务员，清一色的日本人。拉面店虽然狭小拥挤，但是气氛却很不错。我和冯晖挤在长长的吧台前，他点了两碗猪骨面。面被服务生端上来之后，他把自己碗里的几块猪骨都夹到了我的碗里。

"你工作，多吃一点，我减肥。"他笑着说。

看着冯晖脸上暖洋洋的笑，还有眼前这碗热气腾腾的猪骨面，我的心里顿时充满了暖意。

"天气越来越冷了，你多穿点。"他边吃着面，边和我絮叨，像我爸。

"嗯，你也是啊。"不太会甜言蜜语又木讷的我有些羞涩。

每次在一起吃饭的时候，我们两个人都没有太多话，直到吃完，放下碗筷，满足地发出"啊"的一声，然后再互看一下对方，他看着我被食物填饱肚子之后满足的样子，情不自禁地笑了。而我看着他的笑容，觉得这就是幸福。

 

与此同时，罗渣士中心附近的一家酒吧里，高漩正端着放满啤酒的托盘来回穿梭在酒吧里。罗渣士中心是北美最顶级的棒球球场之一。所以，每到周末有比赛的时候，附近的酒吧总是聚集着很多多伦多蓝鸟棒球队的球迷。酒吧里的壁挂式电视机上也循环播放着棒球赛，服务生们也穿着蓝鸟队的球服。高漩一直在这家酒吧工作，可是，她却没有时间和金钱去买一张票走进街对面的球场，去看一场全多伦多人都热爱的棒球比赛。

已经工作了六个多小时，她有些累了，但是客人却越来越多，丝毫没有时间可以稍微休息一下。不过也好，这就意味着今天可以拿到更多的小费。当工作结束，高漩回到员工的试衣间里，才发现穿着高跟鞋的腿都已经站肿了。她把短裙里的小费掏出来，塞进衣服口袋里，然后疲惫地换好衣服准备回家。

熙熙攘攘的酒吧门口，高漩拎了拎衣领，低着头穿过人群准备走向街边的公车站。

突然，一个高大的身影挡在了她的面前。她抬起头，看到了那张让她在这几天里牵肠挂肚的熟悉面孔。

"嗨。"林承忆如往常一般邪邪地笑了笑。

"你出来了？怎么出来的？"高漩惊讶地看着他。

"自己逃出来的。"林承忆说。

"你没开玩笑吧？"高漩的神色顿时变得紧张起来。

"骗你的，傻瓜，真以为加拿大警察是吃软饭的啊。我爸找律师帮我保释出来的。"林承忆说得轻描淡写。说完，他走了过去，轻轻地搂住了高漩。

"我……"高漩刚开口，林承忆的身体猛地颤抖了一下。然后，他松开手，满脸痛苦的表情。

"怎么了？"高漩被吓了一跳。

林承忆的神情顿时变得惨白，他喘着粗气，似乎是说不出话来了。他捂着胸口直接坐在了地上。然后，他用手哆哆嗦嗦地从衣服口袋里拿出了一个白色的小药瓶，倒了两颗药丸艰难地塞进了嘴巴里。

"去……去帮我拿杯水。"他闭着眼睛痛苦地说。

高漩赶紧冲回酒吧。

当林承忆就着温水吞下药丸之后，他的神情渐渐缓和了下来。

"林承忆，你到底怎么了？"高漩披头散发地蹲了下来，紧紧地把林承忆的头抱在了怀里。

"先天性心脏病呀，之前和你说了你还不信。"林承忆虚弱地笑了笑，"这几天在警察局里没休息好，被我猜到了，果然复发了。"

之前在蒙特利尔，林承忆总是开玩笑说自己有心脏病。或许，开着开着，连他自己都觉得这是玩笑话。

"要不要去医院检查一下？"高漩着急地说。

"如果去医院能治得好，我早就痊愈了。这是天生的病，治不了，但也不至于马上丧命。没事，吃了药就没事了。"林承忆有些艰难地喘着气，虚弱地说。

"小漩，我好累啊，好累啊。我站不起来……"他的声音带着一丝哭腔。

那年冬天，在林承忆的公寓里，高漩和每个女生一样，完成了自己从女孩变成女人的过程。以前看小说或者电视里，当女生付出第一次的时候，总是会流眼泪。但是她没有，她无比的快乐和如释重负，她觉得自己终于长大了，终于和某些东西划清界限，比如模糊的亲情和过往，她仿佛终于可以和过去的自己说再见，她一点都不留恋那个自己。

"你会一直爱我吗？"她没有用"永远"这个词，这个词本身就是一个谎言，谁会为谁的一辈子买单，这包袱太沉重。

"不会。"林承忆淡淡地回答。

"为什么？"高漪有些惊讶和失望。

"因为我有心脏病，我不知道自己什么时候就突然没了。"他笑着说。

"你就扯吧。"高漪听完跳起来把枕头蒙在林承忆的脸上，两个人又打闹了起来。

那是她人生里最快乐的几十天，在林承忆的公寓里，她第一次觉得自己像个女孩子一样活着。撒娇，帮自己心爱的人做饭，收拾屋子，两个人一起上学，出门逛街，在冰天雪地里搓着彼此冰凉的手。

但是，这样的日子，这样的林承忆存在得是如此短暂。渐渐地，他开始很晚才回家，原因是觉得待在家里没意思，去他那几个所谓的哥们儿家里抽烟打牌。回到家已经是凌晨三四点，往往连澡都不洗，带着一身大麻味睡觉。

他们开始吵架，每次吵架林承忆都理直气壮地认为，是高漪不参与到他的活动里，而不是他躲着高漪。

"不是我不想和你在一起，我是不喜欢你的那群狐朋狗友，还有他们的那些女朋友！"高漪朝林承忆吼道。

"呵呵，你还瞧不上人家。在他们眼里，你就和他们一样。少装清高了。"林承忆冷冷地说。

那是他们吵得最凶的一次，高漪一气之下搬出了林承忆的公寓。之后的几天，林承忆也没有主动和她联系。一连过去了四五天，高漪实在有些坐不住了，她不想再继续这样彼此冷战的日子，这对她来说太煎熬，她很清楚自己还爱他。所以，她要找林承忆说清楚，如果说不清楚，就狠狠地和他打一架。总之，她要见到他。

她回到了林承忆的公寓，才几天的工夫，公寓已经完全变成了另一个样子，裤袜乱七八糟地丢在地板上，厨房的水台里积攒着已经发臭的泡面盒。林承忆没有在家。

她又顶着大雪找到了经常和林承忆玩在一起的几个男生家，不在，都不在。

深夜一两点，她独自走在空无一人的大街上，雪在下，这个城市依旧寒冷。她忍不住哭了，她还是懦弱地掏出了手机，拨通了那个熟悉的电话号码。

关机。

万念俱灰的她重新回到了林承忆的公寓，直到第二天中午，林承忆才出现在公寓里。

"你昨晚去哪里了？"高漩的眼睛满是通红的血丝。

"酒店。我之前多伦多的一个女朋友来看我。怎么了？不行吗？"他冷冷地说。

高漩听了身子气得直发抖，她实在忍不住了，冲上去就给了林承忆一个巴掌。

林承忆被这一掌打得有些蒙了，他缓了缓，然后撇了撇嘴，有些不耐烦地说："高漩，你别玩得太过火行吗？"

窗外的雪越下越大，好像要把整个城市给覆盖住般，世界仿佛就是在那一刻变得悄无声息的。

高漩拎起桌上的背包，然后冲出了公寓。

她深一脚浅一脚地踩在雪地里，周围的每个人都裹得严严实实，只有她披散着头发，一件单薄的大衣还敞开着。这个城市怎么不再冷一点呢？最好冷到眼泪在掉出来的那一刻就结成冰。她不想看到自己的眼泪。

那天晚上，林承忆给她发了一条信息。高漩看了一眼手机，只有三个字：对不起。她不紧不慢地删除了那条信息，然后把林承忆的手机号码拉进了黑名单里。深夜，她无意间经过房间的窗边，看到屋子外的马路上，停着一辆熟悉的车，车里面还亮着微弱的灯光。那是林承忆的车，他在里面。

突然，卧室外面有人敲门，打开门，是瑞米的父亲。直到现在，高漩还不知道该怎样称呼他，无论是继父还是叔叔，都让她觉得不妥。

"怎么了，孩子？"和蔼的加拿大老头，说着一口法语口音的英文。

"没什么。"高漩揉了揉通红的眼睛。

"屋外的那辆车，是在等你吧？"瑞米父亲低下头看了看高漩。

"是的，但是我已经和车里的那个人没有任何关系了。"高漩低声说，然后，她继续说，"我想离开这个城市，去多伦多读书。"

瑞米爸爸突然笑了："孩子，虽然你和你妈妈一起来到加拿大。但是，有一点你应该明白，你一直都是自由的，你可以自由地去选择你的生活，去选择你想要的人生，包括你爱的人。"

高漩的心里突然涌起了一股暖流，不知道为什么，她突然很想叫他一声"爸爸"。虽然，她还是没能有勇气叫出口。

"谢谢……谢谢……"她紧紧拥抱住他，泣不成声。

屋外，林承忆像一尊沉默的雕塑一般坐在车里。车里没有开暖气，温度变得越来越低。他不由得突然咳嗽了一声。然后，他朝那栋屋子高漩的房间望了一眼，转了转钥匙，发动了车子。

车前面的雨刷不停地扫着迎面飞来的大雪，但是眼前的视线还是模糊一片。他狠狠地踩了一脚油门，把速度加到了八十码。

"就这么死了吧……如果可以，就这么死了，反正没有人懂我……"

他面无表情，没有眼泪。

晚上，当我回到家便得知了林承忆已经从警察局出来的消息。代价是十万加币的保释费。不过，还能被保释不被遣返或者起诉已经算是万幸了。我在第一时间给冯晖打了电话，告诉了他这个消息。只是，冯晖的反应完全和我想的不一样。

"没想到，林承忆的律师还挺牛啊。"不知道是不是我想多了，在我听来，他的语气竟然有一丝反讽。

"呵呵，是啊。"我在电话那头有些尴尬地回应着。我并不知道，也根本没有想到，这一切的始作俑者都是他。这一切，都是因为他。

窗外，多伦多秋天的北风"飕飕"地刮着。我坐在写字台前，看着枯叶一圈又一圈地被卷进狂风里。低下头看书，却一个字都看不进去。于是，我有些心烦意乱地拿出手机，打开了那首我最喜欢的歌曲。

Sinead O'connor 的《Scorn Not His Simplicity》。

See the child

With the golden hair

Yet eyes that show the emptiness inside

Do we know

Can we understand just how he feels

Or have we really tried

歌手Sinead O'connor在成为母亲，皈依天主教之后为儿子写下的歌曲。我爱这样的声音，好像来自这个世界最柔软的那片荒野。正当我沉浸在这样的声音里的时候，我看到了一个熟悉的身影出现在了楼下。

我赶紧拿起手机冲到了楼下，我迫不及待地想看到她。这几天，我一直挂念着她，想着她。

打开门，临安安穿着一件黑色的薄羽绒服，头发干净地绑着一个马尾，装扮依旧是那么体面精神，可是神情却有一丝疲惫。当我们看到彼此的那一刻，我们的眼眶都红了，但我们谁都没有说话。

"对不起。"她沙哑地对我说。

# Chapter 07

# 第 七 章

11月末的多伦多，气温骤降至0摄氏度以下。但是，对于加拿大人来说，气温并不能说明什么，在他们的定义里，11月依旧是属于秋天的月份，哪怕外面的气温已经是零下10摄氏度，他们也照样穿着秋装出门。或许是因为这里的冬天实在太漫长，每个人都不愿意早早地就进入冬天的状态。

但是，清晨凛冽的寒风，还是把我吹得直打哆嗦，恨不得回家把羽绒服给翻出来。

秋天仿佛真的走到了尽头，约克公园里的枫树叶几乎已经落尽，老教堂的轮廓在灰枯的树干之中，显得清晰而凛冽。

加拿大最绚烂的秋季一过，整个城市就仿佛被丢进了无尽的寂寥里。而我却希望这份寂寥来得早一些，好像这些发生在今年秋天的故事，会随着冬天的开始而结束。

　　我和临安安，也在那天晚上和好如初了。她像往常一样约我一起去上课，一起去图书馆。我们都假装什么事情都没有发生过那样。但是，我很清楚，她或多或少有些变了。比如，她不再长发披肩，而是简单地扎个马尾。我们一起上学，我注意到她不再穿最新一季的名牌鞋，只是穿了一双普通的帆布球鞋。那天夜晚发生的事，似乎在她的心上蒙上了一层灰。我不知道要过多久，她才会把它擦干净。

　　下课后，我一个人捧着课本走出教室。冯晖因为要留在琴房练琴，所以不能陪我。

　　一个人去吃饭，难免显得有点落寞。当我走到教学楼一楼大厅的时候，我看到门口围着一群人。其中有一个高个的男生在人群里面特别显眼，他戴着一顶白色的MONCLER毛线帽，穿着一件灰色的棉西装，正用流利的英文和周围的人交谈着。他的周围，也都是穿着光鲜亮丽的男生女生。一看就知道，他们并不是一个普通的小团体。

　　我定睛一看，那个高个男生居然是薛子逸。

　　正当我有些尴尬地想回避他的时候，他的目光已经落在了我的身上。

　　"嗨。"他居然热情地朝我打招呼。

　　"……嗨。"我转过身，佯装着笑脸朝他挥了挥手。

　　"这女孩是谁？"人群里有人无意问。

　　"我给大家介绍一下——"他朝我挥了挥手，示意我走过去。我的心里又忐忑又欣喜，没想到他会向他的朋友来介绍我。

　　"这位叫路遥，是我家新来的女用。"他在人群里不紧不慢地介绍道。

　　我一愣，四周的目光在刹那间似乎都齐刷刷地对着我。有人装作漫不经心的样子从上到下打量着我，有人在人群里窃窃私语，我像个木偶似的站在冰冷的一角不知所措。

　　"嗨，你们好。"我尴尬地朝他们挥了挥手，"我还有课，先走了。你们慢聊……"说完，我低了低头，一个人走出教学楼的大厅。

　　室外的冷风飕飕地刮着，我捧着课本沿着小路走。周围，有人塞着耳机，有人谈笑风生，还有人踩着滑板。每个人都那么朝气蓬勃，但我似乎并不是这些人中间的一员。就像薛子逸当着那么多人的面介绍我一样，我不是他的学妹，只是他家里的女用。

　　我走进学校里的公园，随意找了一张长椅呆呆地坐了下来。然后，抬起冰冷的手，捂着眼睛哭了出来。

　　或许，如果我有临安安一半的果断，我就应该把背包甩在薛子逸的脸上，然后告诉他：我才他×的不是你家的女用，付给我一小时二十块加币的人，也不是你，是你爸。但是，我不是临安安，也不是这个校园里的大多数人，他们不用在双休日的时候跪在别人家里擦地板，但我要。

　　我擦干眼泪，一个人默默地站起身，朝图书馆走去。这个学校那么大，属于我的，却只有那么几个地方而已。

　　我找了一个僻静的角落，像往常一样摊开课本啃起书来。有着大量英文专业术语的课本，读起来难免有些生涩的枯燥。往日里我都能耐着性子一句一句地嚼。今天却不知怎么的，一段话看了三遍都还不明白在讲什么。勉强硬撑着看了大概一个多小时，我有些烦躁地合上了课本，然后叹了一口气，掏出手机，给冯晖发了一条短信。

　　——"你在做什么呢？" 这个寒冷的城市里，愿意接纳落魄的我的人，可能只有他。

　　——"在琴房练琴，怎么了？"他的消息很快就回了过来。

　　——"没什么，就是想见你。"

　　——"现在不行啦。等晚上一起吃饭吧。"过了一会儿，他又回了一个字，"乖。"

112

我有些失望地按灭了手机屏幕，没有再回复他的短信。现在的我已经没有心思在图书馆里再坐下去。于是，把课本塞进背包里，离开图书馆，朝着艺术系的那栋大楼走去。

远处，学校古老的钟楼里传来了整点的钟声。我们学校的大多数教学楼，似乎都有超过百年的历史。特别是艺术系的那栋大楼，更如同一座中世纪的古堡。暗黄色的砖墙面被无数的爬山虎给覆盖，连玻璃都是雕刻着精美花纹的花玻璃。我走进大楼，凭着依稀的记忆，摸索寻找着冯晖的琴房。

站在三楼的楼梯口，就可以依稀地听到大提琴的声音。浑厚悠扬，是属于冯晖的声音。我的心情莫名地好了一点，我轻轻地朝他的琴房走去，想给他一个惊喜。

我悄悄地走到了琴房的窗台边，然后有些小心翼翼地朝里面望去。空荡荡的琴房里，只有几个孤零零的琴架，冯晖背朝着我，坐在椅子上。但是，他的前面，准确地说，是他的怀里，还有一个身影。长长的头发，白色的长绒毛衣，一看就知道是一个女生的背影。

他正握着那个女生的手，手把手地教她拉琴。琴声悠扬，他把头轻轻地埋进那个女生的头发里。

我不敢接着看下去，猛地转过身，然后朝楼下跑去。

我不想再留在这个学校里，我如同行尸走肉般地上了电车，回到了家里。一整个下午，我都只是躺在阁楼的床上，什么都不想做，我累得像是什么都被掏空了。

直到傍晚，冯晖的电话号码在手机屏幕上亮了起来。我猛地按掉了他的来电，然后把手机扔进被窝里。

为他特别设置的铃声依旧在被窝里"嗡嗡嗡"地响着，大概断断续续地响了三分多钟，我忍无可忍地掀开被子，抓起手机，接通了他的电话。

"路遥，你怎么了？怎么不接电话？"刚接通电话，就听到冯晖劈头盖脸地问道。

"你练完琴啦？累了吧？"我没好声好气地说。

"还行，你在哪儿呢？我来接你一起去吃饭。"

"搂着别人手把手地练琴，能不累么？你好好在家休息吧。"我的火气一下子涌了上来。

"你都看到啦？"冯晖的声音突然低沉了一下，然后，他在电话里笑着说，"我就觉得今天下午怎么自己心神不宁的，原来是自己做了亏心事呀。"

"你还好意思说！"

"哈哈，宝贝你想多啦，那是我师妹，她下个月要考级，所以今天下午来找我练琴。"冯晖解释道。

"找你练琴有必要手把手地教吗？还搂着别人。"我满心都是醋意。

"这样才专业嘛。没告诉你就是怕你多想，唉……下次一定先和老婆大人报备。"冯晖在电话里俏皮地说。

"谁是你老婆！"我反驳他，可心里面的怨气，却已消了一大半。

"走，我去你家接你，带你去吃好吃的，今天我请客。"冯晖笑着说。

每次冯晖带我去的餐馆，虽然都不是高级餐厅，但是，无论是菜色还是环境都很合我口味。那天他带我去的，是一家在登打士西街上的日本居酒屋，我们两个人挤在窄窄的长桌前，一边聊着天，一边分享着一碗精致的生鱼饭。冯晖把碗里的几片三文鱼都夹到了我的碟子里。

不知不觉地，我们聊到了高漩和林承忆。

"听高漩说，林承忆一直都有心脏病，从警局出来的那天，还发作了。"我无意地谈到。

"哦？没什么大碍吧？"冯晖抬了抬头。

"那天没什么事。但是，好像是很严重的遗传性心脏病。唉，我也不是很清楚啦。"我叹了一口气。

"噢，好吧。"冯晖似乎若有所思。

那年秋天的最后一个夜晚，我和冯晖两个人，像其他小情侣一样，窝在居酒屋里小小的座位上，外脆内软的章鱼烧，沾着酱油和海鲜佐料冰冷又爽口的日本豆腐，洒着柠檬汁的烤花鲗鱼，沾着冲鼻芥末的豚角煮，简单的茶水泡饭，再加上两小杯日本清酒。如此简单却又温暖的食物，在当时的我看来，就如同冯晖这个人。

尽管我在后来的种种变故下溃不成军，尽管我后来觉得，自己其实并不了解冯晖。但是，只要想起他，他在我的记忆里，始终是那个简单又温暖的模样。

那天，当我们从居酒屋里走出来。天空中渐渐地开始飘起了雪花，那年冬天的第一场雪就这样悄无声息地如期而至了。

一直生长在南方的我，对雪总是有无限的幻想和憧憬。我拽着冯晖的手，有些兴奋地冲到街边，抬着头傻傻地望着飘洒在昏黄路灯下的漫天飞雪。冯晖却比我冷静许多，这样的冬天，对他来说太稀松平常了。他人生里的很多个冬天，都是这个样子，早早地来临，漫长得不知何时才会结束。

那天晚上，刚回到家，我就接到了从薛家打来的电话。是王太。

无事不登三宝殿，原来是因为薛子逸在周末的时候要去趟渥太华办事，可这个公子哥不知道是不是自理能力太缺乏不会一个人出远门。所以，必须得有个随从。这个责任，自然也落到了我的身上。

"不好意思，王太，这个周末我没有时间，最近要准备期中考。"我婉言谢绝。

"工钱按照小时数给，机票什么的都不用你操心。如果有其他的花费，找我报销就可以了。"王太继续解释道。

"不是因为钱，而是我的功课确实落了不少。"我叹了一口气。

确实不是因为钱，对于那个在大庭广众之下骄傲地宣布，我是他家女用的人，我再也不想看到他一眼。匆匆地挂了王太的电话，不知道为什么，明明是拒绝了一次赚钱的机会，心里却无比地舒坦。

窗外的雪越下越大，街边小路已经开始有积雪，昏黄的路灯下没有一个人影。我揉了揉干涩的眼睛，摊开书开始写这个学期要交给导师的研究论文。

门外传来了轻轻的敲门声，我放下笔去开门，本以为是高漩，谁知道站在门外的人是阿吉。

"不好意思，我自己上楼来打扰你。"阿吉有些畏畏缩缩地说。我和他同住在这个老房子里已经有几个月，但他从来没有上过楼，只是在厨房和地下室活动。

"没事，怎么了？"我本能地走出房间，站在走廊和阿吉对话。

"就是和你说，之前想在报纸上登消息找我哥哥的事。这里是两千加币……"他从口袋里直接掏出一沓钱递给我。

"这……你从哪里弄来这么多钱？"他的举动把我吓了一跳。

"这几个星期在好几个餐厅打工，还问老板借了一点，终于凑齐了。"他略显疲惫地露出了一个笑脸。

"嗯，好。我明天就帮你打电话。"我有些忐忑地接过了他的钱。

回到房间里，看着桌上的那一沓钱，心里不知道是什么情绪在作祟，又暖又酸。几个星期前面对阿吉，我只感慨，可怜之人必有可恨之处，傻人未必有傻福。现在，看到他掏出自己冒着被遣返的危险起早贪黑赚的钱递给陌生的我，我有些被触动了。这个世界残酷又公平，没有心机并不会给你的人生增加多少筹码，顶多让你吃点亏。但是，我有点想保护天真的阿吉了。

我把那张旧报纸从抽屉里翻了出来，默默地记下了联系方式，准备明天和报社联系。

又是崭新的一天，因为这一天我和冯晖都有早课，所以，我们一起约在学校附近的咖啡店吃早餐。

他从来不迟到，也不爽约。他早早就坐在咖啡店里等我。我在橱窗外看到他，他穿着黑色的羊绒毛衣，大衣放在一旁，正在翻着一本杂志。他看到站在橱窗外的我，放下杂志，微笑着朝我挥了挥手。

我们正坐在橱窗前吃着早餐闲聊的时候，一个长发女孩在早餐店门口叫了一声冯晖的名字。

"琳尔？"冯晖热情地朝那个女孩打招呼。

我转过身，看到了那个女生，她长发披肩，脸上画着精致的妆容，脖子上挂着闪闪亮的吊饰。这么冷的天，她居然只套着一双单薄的丝袜。我认得那一头乌黑秀亮的长发，就是昨天在琴房里，冯晖手把手教她拉琴的那个女生。我顿时心生醋意。

"刚才在门外就看到你了，和你打招呼，你都没有注意到我。"那女生走近，声音带着一丝微微地娇嗔。

"这位……这位是我的女朋友，路遥。路遥，这就是我的师妹，杨琳尔。"冯晖略显尴尬地介绍道。

杨琳尔就杨琳尔，刚才叫什么琳尔？我有些不爽地暗暗地想。

"路遥？哎，我们好像在哪儿见过。"杨琳尔看着我，微微地皱了皱眉头。

我看着她，也觉得她有一丝面熟。

"哦，我想起来了。你认识薛子逸对吧？"她凑近我。

刹那间，我的脸唰地一下红了。我的记忆"哗"地一下被拉回到了昨天，原来，她就是昨天站在薛子逸周围"光鲜亮丽"的其中一员。

"我们是同个经济课题研究小组的，他是组长。"琳尔笑着补充道。

"你们……原来之前就见过面？"冯晖惊讶地说。

"嗯？是啊……"刹那间，我尴尬得不知道该接什么话好，昨天和薛子逸的那一出，我还没有和冯晖说过，也不愿意被他知道。

"只是我的朋友在图书馆门口偶遇过路遥而已，恰巧那天我也在场。不过，她可能都不记得了。"杨琳尔聪明地结束了话题，看得出，她是刻意不提那天发生的事。

"好了，我的咖啡做好了，我要去上课啦。"她接过柜台上的咖啡，然后朝我们挥了挥手转身离开。

咖啡店的门口，我看到她暗暗地冲我微笑了一下。那个笑容，只有女生和女生之间才懂。我暗暗地舒了一口气，有些感激地看了一眼她高挑的背影。我突然为自己刚才小心眼的醋意觉得惭愧。

第一节下课，我在教室外的走廊上被人叫住，转过身，发现又是杨琳尔。她似乎是故意在走廊上等我下课的。

"嗨，路遥，你去哪儿走那么急。"她的声音依旧是嗲嗲的。

"嗨，琳尔。"我只称呼了她的名，有些刻意地想和她套套近乎。

"没想到你就是师兄的女朋友。一直听他谈起你呢。"杨琳尔笑着说。

说完，她走过来挽了挽我的手，压低了一下声音说："昨天的事，不必太在意啦。薛子逸那家伙，说话向来直来直去。而且，这里是加拿大，没有人会因为工作而看不起谁。我还在中国城的餐馆里擦过盘子呢。"

"谢谢你，琳尔。我也没有多想什么，只是觉得他有的时候挺不尊重人的。"杨琳尔的一席话让我心生暖意。

"在乎他干吗，我们过我们自己的生活就好了。"杨琳尔扬了扬头。

无意间，我看到她精致的指甲，上面镶着亮片。这样一双白皙的手，怎么可能会在中国城的餐馆里擦盘子呢？这显然是她为了安慰我编造出来的谎话，我的心像是被什么触碰了一下，有些感动。

"对了，你是学传媒的吧？这个星期五在爱德华酒店有个酒会，虽然主要邀请的是一些学商科的学生。但是，机会难得，你和我一起去吧。"琳尔接着说。

在加拿大的大学里，特别流行这种酒会和晚宴，通常由各个大学的学生会邀请一些各行业的精英来和学生交流，比如大集团的CEO，银行财团的主管。参加这种酒会，不仅可以听到很多优秀前辈的成功经验，还可以结交到很多社会精英名流，直接和各大银行财团的BOSS面对面交流，为自己以后就业找工作打基础。可谓是百利无一害。刚入学的时候，就听到老师说，社交能力作为情商的一部分，在一个人的成功里起着非常关键的作用。所以，不要总是窝在图书馆里学习，要走出去和人交流。

只是，这些机会并不是免费的。

我有些心动，但是一想到晚宴的费用，又不好意思直接问杨琳尔，显得有些犹豫。

她看到我犹豫不决的样子，直截了当地说："机会难得，一起去吧。我帮你报名，让学生会多留一个位。"

"好吧，谢谢你啊。"我答应了下来。

"晚宴随便穿一穿就好了，毕竟我们还是学生嘛，不用太操心这些。"她贴心地补充道。

"嗯，我知道的。"我点点头。

"好，那把你的手机号或者邮箱给我吧，我到时候把准确的时间和地点发给你。"杨琳尔做了一个"OK"的手势。

虽然，杨琳尔提醒我不用太在意穿着。但是，出席这种晚宴，怎么可能就穿普通的衣服去。回到家，我把箱子里的衣服都翻了出来，挑了半天，只有一件白色的蕾丝小衬衫比较像正装，配上一条黑色的小短裙，看着镜子里的自己，竟然还觉得不错。

但是，有这种错觉，绝对是因为自己在平日里太普通了。

星期五晚上，我如约出席了那次设在市中心高级酒店里的学生晚宴。刚走进酒店的宴会厅，我就被眼前的阵仗吓到了。爱德华酒店位于多伦多的金融区，是一栋有百余年历史的建筑，宴会大厅悬吊着数盏巨大的复古水晶吊灯，闪得有些刺眼。厚厚的花纹地毯，穿着西装的服务生在桌台前站得笔直，好似英剧里奢华的场景。这显然不是杨琳尔口中说的那个"普通的学生聚会"。

我站在门口，突然觉得有些恍惚，不知道该去坐在哪里。我有些紧张地寻找着杨琳尔的身影。

我看到她了，她穿着一件低胸的黑色长礼服，头发卷成了波浪，随意又性感地捋到了一边。脖子上还挂着大颗水钻，她优雅地拿着香槟，正和周围的人热络地攀谈着。而站在她周围的人，在我看来，没有一个人打扮得像学生，女生一律穿着各式高级晚礼服，男生个个西装油头，脚上踩着一双双擦得油亮的高级皮鞋。每个人的神情上似乎都写着四个字——"社会精英"。

"琳尔……"我朝她挥了挥手，她终于在人群里注意到我了。

"嗨，路遥，你来啦。"她提着礼服，优雅地朝我走了过来。

之后的过程，便是犹如走台本似的，我和她的朋友们彼此作自我介绍。每个人的脸上都挂着善意的笑容，她们热络地来问我的专业、我的背景，而这样的笑容，大概只维持了不到一分钟。在几句简单的交谈之后，大家又恢复到了之前的交际圈。

杨琳尔熟练地在各式各样的人群里穿梭着，她似乎丝毫没有顾及到我此刻正一个人站在角落里尴尬着。她像是没有看到我似的，热络地用流利的英文和别人高谈阔论着。或者，她只是在故意忽略我。

整个晚宴，我都一个人傻乎乎地捧着酒杯站在角落。那么多人在我面前走来走去，却没有一个人停下来与我攀谈。偶像剧里那种英雄救美的桥段不会在我面前出现，我眼前的那些英俊又有才华的男孩子，他们只是周旋在比他们更有才华的男人或打扮得光鲜亮丽得女人中间。他们不会把宝贵的社交时间浪费在毫不起眼的我身上。

直到晚宴即将结束，杨琳尔才娇滴滴地牵着她朋友的手朝我走了过来，她的脸微红，有些醉了。

"对了路遥，晚宴的费用你直接交给学生会的工作人员就可以了，就是站在第二桌旁穿橘红色外衣的女孩。"

"噢，知道了。"我望了望那个女生，然后问道，"多少钱一位呢？"

"一百二十加币。"杨琳尔面不改色地说。

我的心一紧，一百二十加币，相当于我一个星期的伙食费。

"噢，好吧。我身上没有那么多现金，我去酒店旁边的ATM机取一下。"我点了点头。

正当我转身离开的时候，杨琳尔轻蔑地瞥了瞥我的背影，然后小声地对她旁边的女伴说："嘿，瞧她那副穷酸样。"然后，两个人捂着嘴小声地窃笑了起来。

然而，这些我都没有听到，我的脑子里，只是想着那一百二十加币。酒店外面寒气逼人，我忘记取外套了，飕飕的冷风吹得我直打哆嗦。我快步跑到街边的一个ATM机，然后取出了那一百二十块。把钱塞进口袋里，匆匆地往回走。

无意抬头，看到了金融区的摩天大楼。忽然想到了刚来加拿大的时候，也是站在这个路口，看着人来人往的街道和冰冷又生机勃勃的城市森林。然而，现在，我必须明白的一点是，眼前的这片万家灯火，和我没有一点关系。我当时究竟在激动个什么劲呢？

城市的另一个角落，付寒的车载着临安安停在了一家高级的意大利餐厅前。

"我不是说随便吃一点吗？怎么又去这么贵的餐厅。"临安安皱了皱眉头。

"我的字典里没有随便这两个字。"付寒扬了扬头。

"你还是以前这个样子。"临安安有些无奈地看了看付寒。

"什么样子？你最讨厌的那种富二代的样子？"付寒转过身，看着临安安。

　　然后，他沉了一口气，用一种难得认真的语气说："安安，你知道吗，其实我也可以假惺惺地和你坐在街边吃盒饭，也可以假惺惺地和你上演你想要的那种爱情。但是，那不是真实的我。我也不想那样做。我喜欢你，就想带你去吃好的，就想把我觉得最好的给你。没错，我用的是家里的钱，但是，我并不觉得我有做错什么。"

　　他说完，走到餐厅门口，拉开了门，做了一个"请"的姿势，然后俏皮地说："欢迎光临。"

　　后来，在若干年之后，当我和临安安再谈到付寒。临安安说："路遥，你还记得我和你说过的话吗，我曾经说过，像付寒这样的男孩子，得不到的才是最好的，对他而言，谈恋爱更像是闯关游戏，越冒险，困难越大，他就越要往前冲，因为他不计较代价，也有资本。现在，我总是在想，那席话，其实说的不就是我自己么？我总是想要一些我生命里没有的东西，哪怕是贫穷，或者不安全的爱情。那个时候，我自以为自己什么都懂，其实我比付寒幼稚太多太多。"

　　她对我说出这番话的时间是在2011年的温哥华，距离那个冬天已经过去了五年之久。那是我们至今为止的最后一次见面，我们似乎都长大了，而有些人，却永远地留在了那个冬天里。

　　那天晚上，我回到家，考虑再三，最后，给王太打了电话。告诉她我可以在周末陪薛子逸去渥太华办事。王太一口答应了下来。或许是因为这个周末就可以把一百二十块加币给赚回来，挂了电话之后，我觉得人轻松了不少。

　　然而，陪薛子逸出远门办事，绝对不是一件轻松的事情。
　　早晨七点，我们在皮尔逊机场碰面。他一看到我，就把行李箱推到我面前，然后对我说："你去帮我办托运，我坐在那边的咖啡厅里等你。"

"噢。"我接过行李，然后走向托运行李柜台的长队。

等我办好托运行李，他的咖啡也喝得差不多了。他戴上墨镜，活脱脱像个明星，而我就像他的小助理一样跟在他的后面一起过安检登机。

一个多小时的飞行，他几乎没有和我说过一句话，只是靠在一边安静地睡觉。到了渥太华之后，他一个大男人两手空空地快步走在前面，我一个女生有些狼狈地拖着箱子跟在后面。

他这次来，是为了处理薛先生在渥太华的一些业务问题。事情进展得很顺利，到了中午就把事情办得差不多了。几个业务经理请薛子逸吃饭，饭桌上，大家对薛子逸赞不绝口。

"上次和你爸见面，听说你要去斯坦福大学读MBA？"有人问。

"嗯，还在考虑。"薛子逸礼貌得体地笑笑。

一顿饭就在生意人之间的各种寒暄中结束了，薛子逸对各种问题都应对自如，一看就知道不是第一次出来帮他爸处理商业上的事务。我看着他礼貌得体的样子，心里暗暗地想，原来生意人的演技真是堪比演员，还真能装。

吃完饭，我和薛子逸就准备回多伦多了。我暗暗地舒了一口气，今天比想象中的要顺利得多。他抬起手表看了看时间，然后说："才两点多……我们订的是晚上的机票吗？"

"嗯，晚上八点半。"我说。

"正好，我打算约在渥太华上大学的几个高中同学见个面。你要和我一起去吗？"他低了低头问我。

"我就不去了吧……"我觉得有些尴尬。

"那好。行李你拿着，我们晚上七点半，直接在机场见面。"他把手上的文件包丢给我。

"啊……好吧。"我犹豫了一下，心里有一种不太靠谱的感觉。

"你别忘记时间啊。"我有些忧心忡忡地提醒他。

"我知道的。"他晃了晃手里的手机，有些兴致勃勃地朝我挥了挥手，便转身离开。

"Hey，Mike……"我已经隐隐约约听到他有些兴奋地开始讲起了电话。我叹了口气，然后拿着他的行李往前走去。12月初的渥太华，已经俨然是冬天的模样。街上居然已经有了厚厚的积雪。我搓着手呵着气，想随便找个暖和的地方坐下来，不想在外面多待。但是，我也不知道该往哪里去，渥太华对我来说是一个完全陌生的城市。

不知不觉的，我走到了里多运河旁。眼前的渥太华，是和多伦多完全不一样的一个城市，这里几乎看不到高楼，皑皑的白雪覆盖着这些古老的欧式建筑，恍如一个古老宁静的欧洲小镇。

然而，凛冽的寒风让我没有什么心情去欣赏眼前的美景。我随便找了一家星巴克，把身上的行李放下来，然后点了一杯咖啡暖暖身子。

就这样百无聊赖地傻坐了几个小时，下午五点，我就拎起薛子逸的行李往机场赶。

到机场的时候才六点，于是我又一个人坐在出发大厅里干等。我一想到下个星期要交的作业还没有写，有几门课的资料还没有去查，便越想越懊恼，心想真是不应该为了那百十来块钱跑到这里来浪费时间。一直熬到了七点半，我和薛子逸约好的时间。然而，他却没有出现。

我忍不住给他打了一个电话，响了很久，没人接。

过了几分钟，再打过去，还是没人接。我突然有种不祥的预感，我一连打了好几个电话，都是"嘟——嘟——"的连通声，但是，始终没有人接电话。

再打下去手机估计都快没电了，我只有万念俱灰地坐在出发大厅里等他。

直到晚上八点多，离登机时间还有不到半小时，薛子逸依旧没有出现。飞往多伦多航班的检票通道马上就要关闭了，我彻底绝望了。我突然灵光一闪，脑子里冒出了一个可怕的念头，他会不会早已经偷偷登机了，然后故意把我落在这里？

我赶紧跑到柜台，让工作人员查询了他的信息。还好，他并没有在已经登机的乘客名单里面。

直到晚上九点半，薛子逸才醉醺醺地出现在了机场的出发大厅里。

"你怎么现在才到？我们的飞机早已经飞走了。"我又急又气，欲哭无泪。

然而，他却无比坦然，漫不经心地说："我在朋友家喝多了。误机了那就改签呗。"

"你在这里等我，不要乱跑了。"我没好声好气地对他说，然后自顾自走到了办理登机的柜台前。

然而，柜台里那个操着法语口音的工作人员的答案，却让我更加万念俱灰——今天晚上前往多伦多的航班，全部客满，无法改签。

"头等舱也客满了？"薛子逸有些惊讶地看着我。

"全、部、客、满。"我有些怒火中烧地看着他。

"实在没办法，我们只有坐客车回去。"我努力让自己冷静下来，想出解决办法的方案。

"坐bus？开什么玩笑？我长大到现在没有坐过bus，而且，从这里回多伦多，坐bus要六个小时，I will die。"他把手一摊。

"那怎么办？你倒是说说看，我们怎么回去。"我把他的行李甩在了座位上。

"I don't know。"他冷冷地说。

我对他彻底无语了，一个人坐了下来，看着落地窗外的飞机起起落落。不知道为什么，我有点想哭。

过了一会儿，他走过来，轻轻地拍了拍我的肩，然后说："好啦，我们改签到明天最早的一班飞机好了。"

"那今天晚上住哪里？"

"住酒店啊，难道还睡在机场吗？"

"那我要一个人住一个房间。"我冷冷地说。

"这句话也是我想对你说的。"他瞥了我一眼，然后坏坏地笑了。

晚上，我一个人窝在渥太华的酒店里。拉开酒店的窗帘，就能看到宽阔的渥太华河。这是安大略省和魁北克省的分界河，住在我这边的人说英语，住在河对岸的人就说法语了。国会山上空的月亮分外明亮，也许就是在这样安静的时刻，我开始想念那个人了。

手机电话簿的第一个联系人就是他的名字，我轻轻地一按，打了过去。

"喂。"电话里，冯晖的声音依旧如往日般温柔，"你回到多伦多了吗？"

"还没，还在渥太华。"在电话里，我向他吐槽了薛子逸的种种不靠谱和极品。冯晖却笑笑："哎，别想啦，就当旅游好了。"

"我今天早上查了天气预报，渥太华已经0摄氏度以下了，你要注意保暖啊。忘记让你多带件外套去了。"他总是这样为我操心。

"嗯，没事的。"

挂了电话之后，我的心情好多了。我去卫生间里洗了个热水澡，然后就准备上床睡觉了。薛子逸就睡在隔壁房间，但是，谁知道他现在有没有在房间里呢？说不定又和他的朋友出去喝酒了。不过，不管了，明天无论如何，哪怕找不到他，我也要自己一个人先回多伦多。

我就这样想着想着，不知不觉便睡着了。

东约克老房子的小阁楼里，冯晖还没有睡。外面的风声沙沙的，冯晖房间里只开了一盏昏黄的台灯，电脑屏幕的光映射在他的脸上，把他的脸照得惨白。屏幕上，显示的是一个全英文的专业医学网站。

他正目不转睛地盯着那行字，中文意思大致是：

"先天性心脏病，致死药物。"

# Chapter 08

# 第 八 章

　　挂完冯晖的电话之后，带着莫名的踏实感，我很快就睡着了。渥太华的夜和这个城市一样安静。但是，没睡多久，我就被一阵急促的敲门声给吵醒。

　　我迷迷糊糊地睁开眼，在黑暗中摸索着套上睡衣。走到门口，眯着眼睛往猫眼里一瞅，站在门外的，是薛子逸。

　　我疑惑又忐忑地打开了门，门外薛子逸的打扮着实把我吓了一跳。他的身上只套着一条松松垮垮的浴衣，中间不知道是故意还是无意地敞开着。我隐隐约约地瞥到他结实的小腹和健硕的胸肌，有些害羞又略带惊恐地低了低头。

　　"大半夜的，你怎么了啊？"我有些支支吾吾地问。

　　"我房间有鬼。"他淡定地说。

　　"有鬼？"

　　"嗯，我总感觉有东西在我房间里走来走去，我有灵异体质。"他一本正经地说。

"所以，我要睡到你房间里来。"他径自走了进来。

"我这里只有一张床！"我喊道。

"没事，我睡地上。你去柜子里把备用的床单拿出来铺在地上。"他一屁股坐在了房间的沙发上，跷着二郎腿指挥着我。

正当我犹豫地想着要用什么样的理由拒绝他的时候，他接着说："快点啊。"我只好硬着头皮转过身打开柜子。

我从柜子里拿出备用的床单和棉被，然后蹲在地上忐忑地把床单铺在地板上。就在这个时候，我的面前突然晃过一个人影。然后，一条白色的浴衣"哗"地一下落在了我的面前。我一惊，抬起头，居然看到薛子逸只穿着一条紧身的三角内裤，几乎全裸地站在我面前。不知道是倒霉还是该觉得庆幸，我的眼睛，正好对着他唯一没有裸露，但是又是最关键的部位……

"你干吗啊！"我被这突如其来的一幕吓了一跳，猛地站了起来。

"拜托，你几岁啊，还真相信我房间有鬼啊？那个……想要吗？"他靠近我，对我使了个眼色。

"你有病啊！"我抓起床上的枕头就朝他扔了过去，"你现在赶紧离开我房间，否则我要报警了。"我从来没有招架过这样的情况。

"So series。"他摊了摊了手，然后捡起地上的浴衣，往身上一套，朝门外走去。

"晚安。"他对我说。

等走到门口，他又补充了一句："不要后悔哦。"

我冲到门口，暗暗地骂了一句"去死吧"，然后把门"砰"地摔出声。


那个夜晚，我是在咒骂着他的过程里不知不觉睡着的，"变态""暴露癖""色情狂"……等早晨醒来，发现镜子里的自己，眼睛出奇地肿，显然是因为没有睡好。

我叹了一口气，然后飞快地收拾好行李，只想早点离开不安全的地方，还有那个不安全的人。

我没有去敲他的门，自己走到酒店大堂。谁知道他早就坐在酒店楼下等我了，他戴着墨镜，佯装热情地朝我打了个招呼。

"喂，昨天的事，不会真生气了吧？"他凑过来，小声地问我。

我假装没有听到，不理他。

"Sorry啦，我以为这种事对你来说很正常。"他居然向我道歉。

"你想太多了，对你来说可能很正常，对我来说不是，我不是在这里长大的女生。"我冷冷地说。

他耸耸肩，做了一个他的招牌动作。

出酒店，顺利抵达机场。终于要回多伦多了，我的心里暗暗舒了一口气，总算可以摆脱薛子逸了。

飞机在渥太华机场腾空而起，穿过云层，平稳地航行在大气层里。

"嘿，你是中国哪里的？"坐在旁边的薛子逸突然和我说话。

"浙江。"我没好声好气地回答。

"在上海旁边？"他显然对中国地理不是很了解，"我是西安的。"他接着说。

"西安？"我瞥了他一眼。

"嗯，我在西安出生的，四岁来的加拿大。"他淡淡地说，"只是我对西安，已经没什么印象了，唯一记得的，是城墙。小时候，我总爱去那里玩。"

"噢。"我对他的故事没什么兴趣，只是应付着他。

"其实我总是看关于中国的新闻，听说中国的城市一年一个样，真不知道那些城墙被拆了没有。"

我心里冷冷地想：谁知道呢，你假惺惺地关心这些干吗。

"真不希望被拆掉啊，我还没来得及回去再看看呢。"他自顾自地说。

似乎看我不再理他，他不说话了，径自翻着飞机上的杂志。不一会儿，我无意朝他瞥了一眼，看到他歪着头，手上还拿着杂志，但是已经不知不觉地睡着了。

他像个孩童一样，睫毛长长的垂在眼眶上，让我忍不住多看了几眼。

不知道为何，我的脑中突然闪过了昨天晚上的那个画面，他半裸着凹凸有致的身子，低着头邪邪地看着我。但是，此刻的我竟然不觉得厌恶，甚至有一点点……少女的害羞。天哪，我究竟在想什么？我不敢让自己再想下去。

回到多伦多家里，刚放下行李，就接到报社打来的电话。上周那家华人报社刊登了关于阿吉哥哥的广告，我本来对这则小广告不抱什么希望，意外的是，才过了几天，电话就打了过来。

电话那头的报社编辑很明确地告诉我，已经有人打电话到报社里，说有关于阿吉哥哥的消息。但是具体不方便细说，让我们自己去找他。

我赶紧拿出笔记下了那个地址，东区唐人街，富贵酒楼。

我兴奋地撕下纸条冲到楼下，想把这个好消息第一时间告诉阿吉，但是转念一想，那个知情人没有直接告诉报社阿吉哥哥的情况，而是让我们自己去找他。这点让我觉得有些深感不妙。

我家街边的那条电车线，直达东约克。我对那片有些混乱残破的区域并不陌生，冯晖就住在那里。

东约克的唐人街，没有市中心的那条来得热闹。但是，相比现代化的市中心，那里更保留着多伦多唐人街最原本的味道。冷清的华人超市，各种福清商会，温州同乡会的招牌让人有上个世纪的错觉。

富贵酒楼只是一家破旧的小餐馆。下午三点，店里几乎没有客人，老板娘坐在门口懒洋洋地剥着一篮不太新鲜的豌豆。

"你好，我是在《××周报》刊登寻人启示的那位，今天接到电话，说你们这里有关于他的消息……"我把报纸凑上前，阿吉一直缩在我身后。那老板娘连瞥都没有瞥我一眼，听我说完话，便面无表情地走到餐厅里面，用闽南话朝厨房里喊了一声。

不一会儿，从厨房里走出来一个年纪大概三十来岁的男人，他白色的工作服上沾满了油污。他边搓着手，边朝我们走了过来。

我和阿吉上前说明了来意之后，他直截了当地说："你说的那个小兄弟，之前和我一起在超市里做过工。"令人意外的是，他是一口东北口音。

"真的？他现在还在吗？"阿吉有些兴奋地走上前。

"早就走了。"他摆了摆手，"都是去年的事了，听他说起来，好像是跟人去了美国。"他故意压低声音。

"去美国？怎么去的？"我问道。

"还能怎么去，偷渡呗。"

无论如何，他还活着，还可能活着。这对阿吉来说，已经算是好消息。

"你这里有能联系到他的方式吗？"我急切地问。

"我咋会有，说实话，我和他也不熟，只是和他一起工作过而已。去年他问我跟不跟他一起去，说是去美国可能会赚更多的钱。我胆子小，黑着身份好不容易算安定下来，不想再出去闯。"

他没有阿吉哥哥的联系方式，好不容易找到的线索就这样断了。

"他是自己去美国的？"我又问。

那东北大哥一听就笑了："谁会有那能耐，找的人蛇公司偷渡过去的呗。"

"你有那个公司的联系方式吗？"像是突然又看到了希望，我有些兴奋地问。

"你要做什么？"他突然警觉地看了我一眼，然后不说话了。

"因为那个是我哥哥，我要去找他，我也要去美国。"

阿吉突然从我身后站了出来，他的声音颤抖，带着一丝乞求的语气看着那位东北大哥。

那天下午，阿吉万般哀求才从东北大哥那里要到了人蛇公司的电话。当我打电话过去说明了情况，电话里的中年女人仔细地盘问了我的背景之后，他们给我的答案是：他们只会和阿吉见面。并要对所有的情况保密，包括我给他们打过这个电话。

人蛇公司，可能是这个城市里最隐秘又黑暗的组织。据说那些人蛇公司神通广大，甚至还和海关官员勾结。那天下午，阿吉独自前往人蛇公司。当我一个人坐车回家的时候，看着初冬时车窗外灰蒙蒙的天空，不由得替他担心起来。

直到晚上七点多钟，阿吉才回到家里。与我想象的不同，他的脸上挂着难得的笑容。他有些兴奋地告诉我，人蛇公司已经联络到了他哥的一个朋友，那个人和他哥一起在纽约法拉盛的一家餐馆打工。人蛇公司已经告诉了对方阿吉这边的联络号码，不出意外，今天晚上他就可以接到他哥哥的电话了。

晚上，我难得在家做了几道菜，邀请阿吉一起吃，他却吃了几口便放下碗筷，一脸心事重重的样子。我知道他心里在想什么。这个男孩向来不会掩饰自己的内心。

直到晚上八点多，电话终于响了起来。阿吉抓起电话就接了起来。

"喂……"尽管只是一个简单的"喂"字，但是阿吉已经辨认出来那就是哥哥的声音。

"阿兄（闽南语）……"听到挂念已久的声音，阿吉的眼泪在瞬间夺眶而出。

我听不懂阿吉的闽南语，他们的交谈也只有短短几分钟。当阿吉挂断电话，我看到他缓缓地舒了一口气，仿佛一直背负在心里的重担终于可以卸下。

"你哥哥还好吗？"我问他。

"很好，他说他在纽约做洗碗工，一个月算上小费，可以赚三千多美金。他还说，按照这样，做个几年，就可以回家盖房子了。"他的脸上露出了一丝难得的笑容。可见，他和哥哥谈论的内容，还是关于钱。最能让他们兴奋的，也是钱。

不过也是，要不是为了那点辛苦钱，谁愿意搭上性命漂洋过海来到这片陌生的土地上。

"好了，这下你总归可以放心了吧。"我也觉得有些如释重负。

"不，我要去美国找他。不看到他，我的心里还是空得慌。"他肯定地说。

"你疯了吗？你以为美国那么容易去啊。"我不忍心戳穿他，他在加拿大都没有合法的身份。

"哥哥能去，我也肯定能去，总归是有办法的。"

有什么办法，还不是偷渡？我暗暗地叹了一口气。我很明白他骨子里的倔强，如果他是容易被说服的人，当时也不会自己一个人就这样来了加拿大。

自从打听到了他哥哥的下落之后，阿吉似乎比以前更拼命地工作了。往往到凌晨十二点，才可以听到楼下他轻轻地开门声。连双休日都见不到他的身影。

偶尔有一次在傍晚看到他，他居然蹲在院子里抽烟。他学着大人的样子眯着眼睛吐着烟圈。他抽烟的样子显然还很稚嫩。

"今天不用上班？"我问他。

"要，马上要去了。"他边说边把烟扔在地上，然后用那只破旧的球鞋踩灭。

"对了，我要告诉你一个好消息。"他说。

"什么？"我走了过去，黄昏时分的夕阳在他脸的轮廓下投下一圈暗沉沉的光影。

"我又去找过那家公司了，他们说，有办法让我去美国。"他的脸上充满希望。

"要多少钱？"我直截了当地问。

"两万加币。"他说。

"这么多……"

"嗯，但是，总比没有办法要好呀。"我不知道，他是哪里来的乐观。

美加边境是世界上最长的不设防边境，但是，非法越境到另一个国家，并不是想象中那么容易的事情。从一般的边境偷渡几乎是不太可能的事情。人蛇公司给出的偷渡路线是先从多伦多到加拿大中部城市温尼伯，然后在温尼伯附近的边境越境。那里是美加两国最荒芜的一块区域，人烟稀少，一年中有六个月，那里广袤的荒原都被冰雪覆盖。

阿吉的哥哥，就是跟随着人蛇公司的蛇头，徒步穿越过那条荒芜的国境线，从加拿大进入美国的。

这些在我看来犹如西部冒险故事片的情节，从阿吉的嘴里说出来，就如同出个远门那般简单。他似乎是不害怕这些的，他唯一担心的，是那两万加币的偷渡费。但他似乎又没有之前的那样担心，因为在这个地方，只要你肯吃苦，还是可以赚到钱的。就像二十年前来加拿大的那些偷渡客，大部分现在过得都还不错。很多人甚至都已经找律师打移民官司用各种各样的手段拿到了加拿大的合法身份。

只是，不知道为何，看到抽烟的他，我的心里突然有些失望。或许，他也会像住在这条街上的偷渡客一样，也会渐渐拥有和他们一样猥琐的眼神，粗鲁的举止，还有当你靠近他们时，那种不安全的危险感。他迟早有一天会变成那样的，只是时间问题而已。而我，居然还对他有着犹如小说里悲惨又纯真角色的幻想，我真的太天真了。

　　就这样，时间不知不觉的就到了12月。整个城市开始张灯结彩，商场的橱窗里布置着精致的圣诞装饰，街道两旁的行道树被围绕上白色的灯串，到处都透着浓郁的圣诞氛围。加拿大人似乎在万圣节之后就开始准备圣诞节了。

　　除了圣诞节，相伴而来的是紧张的期末考试。别以为国外的学习有多轻松，至少在加拿大每年保持着百分之十淘汰率的大学里，每一个考试都会让学生们绷紧神经，更何况是占有最终学期成绩重要比重的期末考试。

　　然而，除了和中国大学一样的期末考试，每到期终的时候，无数的论文、演讲、项目策划……更是让每个学生都陷入疯狂的状态。学校超市里的能量饮料一时间一抢而空，每个人都把含有高浓度咖啡因的能量饮料像矿泉水一样往胃里灌。尽管之前在美国有喝能量饮料而致死的案例，但是，加拿大的大学生们似乎毫不害怕这一点。

　　如果你觉得中国大学里起早去排图书馆的画面很夸张。那么，在北美的大学里，你是看不到这种排长龙的画面的。因为，北美大学的图书馆通常都是二十四小时通宵开放的。特别是到了学期末的时候，即使凌晨四五点，图书馆依旧是人满为患，灯火通明。甚至有学生在图书馆外的走廊上扎起了帐篷。这点在我看来却毫不夸张，因为到了这个节骨眼，我也深感一天二十四个小时根本不够用，每天上学下学坐电车都觉得太浪费时间了。

　　自然而然的，我也加入了"准备随时豁出年轻生命的期末复习大军"。和我一起的，还有临安安和付寒。不过对于付寒来说，能让他坐在图书馆里的唯一理由，不外乎是因为临安安。

　　"我真搞不懂，哪里学习不行啊，家里不是更清净。非得跑图书馆，甚至有的人还去星巴克，那么吵能学得进什么啊。真是矫情。"我们一起走进自习室，他边走边轻声地碎碎念。

他显然和整个大环境格格不入，当所有人都埋头唰唰地翻阅笔记的时候，他跷着二郎腿，塞着耳机，打开电脑看YouTube视频。看了一会儿，又慷慨地去图书馆里的咖啡店给我们一人买了一杯咖啡。有时又一动不动地看着临安安，着实把人吓了一跳。

终于熬到晚上十点多我们准备回家的时候了，他伸伸懒腰，说要去中国城请我们吃夜宵。

"好啊好啊。"我双手赞成。正当我们三个人谈笑风生地走出图书馆，走到街边的时候，迎面突然闪过一个熟悉的身影。我的心不由得一悸，是丹尼尔。

他穿着一件单薄的卫衣，手上拿着一块破旧的滑板，略佝着背站在路灯下。

他也看到了我们。

我们的脚步不由得停了下来，场面陷入了死寂一般的寂静之中。丹尼尔低了低头，然后把卫衣的帽子罩在头上，朝我们走了过来。

他缓缓地走到了临安安的面前，我看到临安安的脸色苍白，她低着头，冷漠地表情略显出一丝恨意。

"Sorry, Ann。"丹尼尔轻声地说。

"Just get away。"临安安连头都没有抬起来，冷冷地说。

"靠你×，少在这里装孙子！以为说个对不起就没事了吗？！"付寒突然冲上去一拳把丹尼尔打倒在地。

丹尼尔蹲在地上，用手捂着嘴，没有还手。付寒似乎还是不解恨，再上去飞踢一脚把他踢倒在地上。

周围是喧嚣的车流声，付寒走上前，半蹲在地上，他抓起丹尼尔的头发，然后凑到他的耳边，一字一顿地说了句："Go fuck yourself。"

正当他想甩开丹尼尔的头离开的时候，丹尼尔突然用手抓住了他的手臂，然后凑到他的耳边，似乎在对他说着什么。

周围的车声嘈杂，我听不清丹尼尔在对付寒说什么。只是在这茫茫夜色之中，我似乎看到了丹尼尔的脸上，露出了一丝诡异地微笑。

而付寒整个人像是一座雕塑一动不动，他僵直的身体在不断地微微颤抖着。然后，他举起拳头，狠狠地朝丹尼尔的身上砸了下去。他的嘴里飘着他字典里几乎所有的脏话。

"别再打了！"我和临安安尖叫着冲了上去。

我不知道花了多大的力气才把付寒拉开，我只记得自己的手臂都被付寒拽得生疼。他歇斯底里的愤怒，让我隐隐约约觉得，临安安的事情，并不如我想象中的那么简单，总有些什么事情，是我不知道的。但是我也不想知道。

丹尼尔踉踉跄跄地离开了，我们三个人还站在原地，谁也不说话。

"还去吃吗？"我问。

"不去了，我累了。先回家了。"付寒的声音里满是疲惫。

"好吧。那我也回家了。"我看了一眼临安安。

付寒说完就径自走了，他没有像往常一样，黏着临安安送她回家。我们站在街角，看着他高大的身影渐渐消失在落寞的夜色里。

然后，就在那个夜晚，多伦多漫长的冬天，正式拉开序幕了。

睡梦中的我们，并没有意识到，从北极南下的冷空气正席卷着多伦多城，气温在瞬间就降至零下15摄氏度。一场大雪正铺天盖地地从这个城市的上空落下来。七级大风加上漫天飞舞的大雪，在短短十几分钟里，就把多伦多变成了一个冰封之城。

第二天醒来，暴风雪已经停息，外面的世界已经风平浪静，唯留下城市美轮美奂的雪景。来加拿大之前，相比家乡阴冷又潮湿的冬天，多伦多的冬天在我的想象里，一直都是浪漫美好的。但是，多伦多真正的冬天，并不是如此温柔的。原本只有零下5摄氏度的摄氏气温，在大风的风寒效应下，体感温度可达零下15摄氏度。走在路上，用"风如刀割"这种老套的词语来形容一点都不为过。

频繁的暴风雪天气也让上学的路变成了一场"艰难的行军"，虽然有扫雪车不停地在这个城市的大街小巷穿行，但是，大雪让街道变得又滑又泥泞。我没有雪地靴，每次走到学校，球鞋里总是渗满了冰冷的雪水。到了教室之后，总是找一个靠近暖气的位子，把鞋子伸到暖气下烘干。

这样狼狈的我。

因为临近期末，每天都有繁重的复习计划，我和冯晖在一起的时间也比以前少了。但是，他总是会在某个我需要他的时刻出现，比如当我在图书馆里复习得焦头烂额的时候，他会突然出现在自习室给我送来一杯热巧克力；比如当我在下课后正愁着晚上吃什么的时候，他会打电话过来，约我一起在学校旁边的餐厅里吃个饭；比如他会在我觉得沮丧，或者疲惫的时候，给我发来一条简单却又温暖的短信。事实上，他也非常忙碌。年底，音乐系的学生总是被邀请去出席表演各种新年晚会。几乎每天，他都在琴房里紧张地排练中度过。

忙碌的日子总是会让人觉得过得飞快。12月的上半个月，在昏天黑地的复习和各种各样的考试中不知不觉地过去了。当结束这个学期最后一场考试的时候，我还是觉得有点不真实。仿佛突然卸下了之前一直在忙碌的发条，反而觉得有些空虚。

随之而来的便是圣诞节，这是我在加拿大度过的第一个圣诞节。我没什么想法，也不知道该怎么过。但是，与乏味的我不同，林承忆早就安排好了圣诞节的日程。他和高漩邀请我和冯晖，还有临安安和付寒一起前往离多伦多两小时车程的蓝山小镇一起过圣诞。

那是一个温泉小镇，也是著名的滑雪度假胜地。

　　林承忆说他订到了一整栋刚好够我们六个人住的温泉度假别墅。不知道为什么，我很期待这次圣诞旅行，不光是因为可以和自己的好朋友在一起。更是希望，这次旅行可以让我们忘掉一些东西。好像一个重新开始的起点，对临安安是，对我也是。

　　平安夜那天，林承忆开来一辆六座吉普车，我们一行六个人，向着蓝山小镇出发了。付寒一如既往地搞怪，说着笑话，连一向不爱说话的高漩，也在车上哈哈大笑。两个小时的车程就在欢笑声中不知不觉过去了。

　　当车抵达雪山脚下的蓝山小镇，我觉得自己想象中的童话小镇，也不过如此。小镇不大，但是餐厅、商店、酒店却是应有尽有。无数的彩灯烘托出浓浓的圣诞气氛。整个小镇被皑皑白雪覆盖的森林包围着。而我们住的度假别墅，便隐匿在那片白色森林里。

　　这座犹如俄罗斯童话般的度假小屋里，有厨房、装有壁炉的客厅，屋外还有热腾腾的温泉。我们三个女生一起在厨房里准备着平安夜的晚餐，林承忆迫不及待地从度假小屋里找出滑雪设备，然后拉上付寒和冯晖去滑雪。

　　等他们滑雪回来，我们的晚餐也准备得差不多了。中西合璧，高漩和我准备中餐，临安安准备西餐。虽然时间仓促，但是看着满桌热腾腾的食物，还是觉得很是丰盛。六个人吃饱喝足之后，就开始坐在客厅的地毯上打斗地主。林承忆嚷嚷着一定要赌钱，说不赌钱不好玩。结果他自己输得最惨。等打完牌之后，我们又去别墅外的温泉池泡温泉。

　　那是一个露天的温泉池，平安夜的蓝山小镇很应景地飘起了雪花。我们六个人泡在温泉池里，雪花就这样轻轻地飘落在我们湿漉漉的头发上。

　　等泡完温泉，当我们回到各自的房间，我才发觉了一件有些尴尬的事情，我和冯晖的那个房间里，只有一张双人床。我怀着万分忐忑又有点期待的心情在卫生间里换好睡衣回到房间里。刚才还坐在床上的冯晖，现在却不见了。我一个人把床头灯扭暗了一点，然后躺到了床上。

闭上眼睛，却怎么也睡不着。心里既忐忑，又有些生冯晖的闷气，深更半夜的，冯晖究竟去哪里了呢？就这样把我一个人留在房间里，算怎么回事啊。于是，我披上衣服，打算去楼下看看。

一楼客厅里的壁炉还在"吱吱"地烧着柴火，餐厅里的灯都灭了，唯独客厅沙发旁边的那盏复古落地灯，还亮着昏暗的灯光。隐隐约约看到一个人影，走近才发现，原来是付寒，他穿着一条松松垮垮的T恤，一动不动地坐在沙发上。

"靠，你这是故意吓唬我呢！"我边说边走上前，坐在了沙发上。

"睡不着，就下来一个人坐坐。"

他转过头，壁炉里的干柴在他的瞳孔里吱咔吱咔地燃烧。

"你们这些男生，一个个都自私得要命，只顾自己，把女生一个人留在房间里无聊，这算什么事儿嘛。"我愤愤地说。

我本以为他又会开一个黄色笑话。但是，他却什么都没有说，依旧一动不动地坐在沙发上。他低着头，整个背似乎都陷进了靠枕里，感觉很疲惫。

"哟，有什么心事，和姐说说。"我故意调戏他。

"呵呵。"他突然冷笑了一下，然后低了低头，"算了，没什么。"他说。

"……怎么了？"我像是意识到了些什么，"是关于临安安的吗？"我下意识地问道。

他无声地点了点头。然后，他轻轻地说："你知道那天丹尼尔和我说了什么吗？"

我对他摇了摇头。

"他说，其实那天发生的事，刚开始临安安根本就是自愿的。只是到后来玩过了头。"

我的心一悸，沉默了一会儿，然后问他："那你相信他的话吗……"

付寒没有回应我，他盯着壁炉里那团即将要燃尽的柴火，什么都不说。沉默了好久，他才低沉地说："我不知道。"

窗外的雪不知道在什么时候停了，寒夜的月光清晰透亮。冯晖披着羽绒服，往屋外的那片黑茫茫的森林走去。周围没有灯火，唯独皎洁的月光把地上厚厚的积雪照得一片素白。他就这样深一脚浅一脚地走在雪地里，单薄的球鞋里很快渗进了冰冷的雪水。但他却不想停下来。

从嘴巴呼出的热气很快凝结成雾状的水汽，鼻子已经冻得通红。没有人知道他要走到哪里去，就连他自己也不知道。

每当这样的时刻，在这样属于温情和欢乐的节日里，他都想与自己独处，欢笑和温暖他不需要，他不需要这种怜悯。尽管，他是没有家的孩子。

只是，今年的平安夜，他却觉得有些如释重负。他的衣服口袋里，那个透明小药瓶里的两片黄色的药片，可以在短时间里加速心脏病人的心律跳动，一片的剂量足以让一个心脏病人因心律过快而导致心肌梗塞而死。两片，则是万无一失。他在黑市上买到这两枚包装上全都是俄文的药片。

"叮——叮——"他隐隐约约听到那两枚药片与玻璃瓶发生撞击的声音，从他的上衣口袋，心脏的部位传来。

"爸爸，这可能是世界上最美妙的声音了。就差最后一步了，明天，这个故事可能就结束了。"他抬起头，月光温柔，寒夜刺骨。

"终于可以结束了。"

突然，一阵沉重的脚步声从身后传来，那不是路遥的脚步声。

他转过头，森林深处，林承忆的脸。

"嘿，圣诞快乐。"他说。

# Chapter 09

## 第 九 章

　　"嘿，一个人在这里做什么呢？"林承忆把手放在嘴边呵着热气，然后朝冯晖走来。

　　"你……不也一个人。"冯晖看到林承忆，有些惊讶。

　　"我出来看星星。"林承忆说。

　　"看星星？"

　　"嗯，说不定还可以看到极光。"

　　"真的？"冯晖愣了一下。

　　"哈哈……"林承忆突然"扑哧"一声笑了出来，"你还真信哪？以为这里是黄刀吗？"（黄刀镇：加拿大西北地区小镇，靠近北极圈。）

　　"呵呵。"冯晖低了低头，有些不好意思地笑了笑。算上地理纬度，这里和美国北加州差不多，怎么可能会看到极光呢？而林承忆的一句玩笑话，却让自己短暂地忘记了他的身份。

"多伦多恐怕是看不到这样的星空。"林承忆仰着头。

冯晖也不由得抬起了头，透过斑驳的树影，头顶上的夜空是忧郁的深蓝色，辽阔又璀璨的繁星像是上帝之手在这寒冷的夜空之上抹了一把钻石粉。世界安静无声，这个寒冷的国家总是给人无边无际的荒芜感。

如果这是一个从高空俯视的镜头，镜头里会有被月光照得发蓝的北方雪原，透着柔和的黄色灯光的森林小屋，还有在这个寂静深邃的夜里，各有所思的我们。

那个平安夜，我回到房间时，冯晖还没有回来。我带着深深的失望一个人缩在大床的一边，独自关灯睡去。

模糊的梦境里出现了一片洁白的雪地，有一个少年孤独地在雪地里走，我在后面跟着他，他却怎么也不回头。直到梦境的末尾，我才模糊地看到了他的脸。

那个人好像是付寒，又有点像冯晖，转头的那一瞬间，又有点像林承忆。正当我想辨认清楚他是谁的时候，我迷迷糊糊地睁开眼睛，醒了过来。

蓝山小镇安静的清晨，阳光正斜斜地从窗外照射进来。冯晖在我旁边沉沉地睡着。我小心翼翼地掀开被子，准备下床。似乎还是惊动到他了，他揉着眼睛迷迷糊糊地醒了过来。

"你醒了？"我问。

"嗯。"他点点头，然后，他闭着眼睛，翻了个身过来抱住了我。

"昨晚……你跑哪儿去了？"我有些埋怨他。

"一个人去附近森林里转悠了一会儿，嘿嘿，我总觉得附近有野兽什么的。"他像个小男孩似的趴在床上。

"那野兽怎么没吃了你？"我摸了摸他的头。

他听完就哈哈地笑了出来。

"好了，我去楼下给你们准备早餐了。你收拾收拾就下楼吧。"我对着镜子把头发一扎，然后套上外衣就准备下楼。

"遵命！"他俏皮地说。

当我关上门，往楼下走的时候，冯晖的笑脸，也在那一声冷冰冰的关门声中，瞬间消失不见。他起身，抓过挂在椅子上的黑色大衣，然后在里面的口袋里掏出了那装有药片的小玻璃瓶。

他把那个小玻璃瓶握在手里，越握越紧。

厨房里，我正和高漩两个人一起忙着准备早餐。而临安安，这个连煤气灶都不知道怎么开的女人，显然还在楼上睡觉。我曾经去过她家，看到她买了一整套高级的餐具。不过，一连过去了几个月，我发现那套餐具上的标签都还没有被撕掉。

我用吐司机烤着吐司，高漩在煎蛋。忙活了一阵，总算是做出了六份简单但却还算丰盛的早餐。

林承忆他们也陆陆续续地下了楼，几个人坐在餐桌前嚷嚷着好饿。冯晖走进了厨房。

"有什么需要帮忙的吗？"他问。

"你帮我盯着煤气灶上的热牛奶，过一会儿就可以熄火了。不用煮沸，煮沸了牛奶里的营养成分就破坏了。"我说。

"懂得还真多，真是个好媳妇。"冯晖对我笑笑。

我把餐盘端到外面的餐桌上，冯晖留在厨房里，盯着那锅热牛奶。

蓝色的火焰簇簇地往上涌，锅里的牛奶缓缓地旋动着，像一个缓慢的小旋涡。当我回到厨房里，看到冯晖正一动不动地盯着锅里渐渐开始冒白色气泡的牛奶。牛奶渐渐沸腾了，白色的泡沫都快要溢出锅面了，而冯晖依旧若有所思地一动不动。

"哎！"我上前一把关灭了火，"不是和你说不要把牛奶煮沸吗？"我有些不解地埋怨道。

冯晖一愣，然后赶紧拿来抹布擦干净灶台上扑出来的牛奶泡沫，有些尴尬地说："不好意思，我刚才走神了。"

"在想什么呢？"我嘀咕道。

"我把牛奶端出去吧。"他端起盛有牛奶的铁锅，然后往餐厅走去。

餐桌前，大家边切着吐司，边讨论着今天的安排。林承忆和付寒要去滑雪，我们几个女生打算去溜冰。唯独冯晖没有参与我们的讨论，但我们也没有多在意什么，因为他经常这样游离出我们谈话的内容，沉浸在自己的世界里。我们都见怪不怪了。

冯晖站在餐桌的另一端，他正把锅里滚烫的牛奶倒进一个个玻璃杯里，然后绅士地把杯子端到我们的餐盘前。

我的，临安安的，高漩的，付寒的，他自己的，最后一个杯子，是给林承忆的。没有人注意到，他的手里正攥着那片黄色的小药片。

药片的表面凝结着一层薄密的手汗，他缓缓地深吸了一口气，然后轻轻地松了松手。

药片马上要坠落到滚烫的牛奶里。


正当这个时候，林承忆突然朝冯晖摆了摆手："冯晖，不用盛我的，我不喜欢喝牛奶。"

"噢……好的。"冯晖的手一紧，将药片攥在滚烫的手心里。

"等下和我们一起去滑雪吧。"林承忆说。

"噢，好啊。"冯晖点了点头。

早餐的氛围很轻松，没有人注意到略显沉默的冯晖。

吃完早餐，林承忆兴奋地换上滑雪服，然后拉上冯晖和付寒去滑雪场。

蓝山滑雪场的设备和雪道绝对堪称专业级，雪道按照难度被分为：绿道、蓝道和黑道。

"你们之前滑过雪吗？"林承忆问。

"当然。"付寒吹牛，其实他对滑雪基本上只是打雪仗的级别。

"那我们直接去黑道吧，那里人少，刺激。"林承忆有些兴奋地提议道。

"没问题！"付寒不自量力地抢先答应下来。冯晖看着付寒胸有成竹的样子，也点了点头。

其实，除了林承忆之前上过专业的滑雪课。对于付寒和冯晖来说，他们连什么叫作黑道都不知道。他们三个人坐着缆车缓缓驶向山顶，越往高处，人影越来越少，坡度也越来越陡。直到抵达山顶，山下的人几乎都看不见了。

空旷的山顶，只有风拂过雪地的"沙沙"声。

"真的……要从这里滑下去吗？"看着陡峭又一望无际的雪坡，付寒的心里有点毛毛的，他有些犹豫了。

"相信我，控制住身子，不要怕。就算摔了也没事，这雪厚着呢，摔不死。"林承忆拍了拍了胸脯。

"OK，我先滑，你们在后面看着我。"林承忆说完便支起滑雪杆一个俯冲，熟练又飞速地往山下滑去。

他一直滑到半山腰才停下来，他挥舞着滑雪杆，给付寒和冯晖加油。

冯晖被刚才林承忆的速度给惊到了，他有些犹豫地对付寒说："我从来没有滑过那么陡的坡，要不……我们坐缆车下山去吧。"

"开什么玩笑？都已经到山顶了再坐缆车下去多丢人啊。别怕……其实我也是第一次滑这么陡的坡。"付寒深吸了一口气，然后，他戴上滑雪眼镜，一个跃身往山下俯冲下去。

他显然不如林承忆那般的老练，滑到一半便摔倒了，连滚带滑地跌到了半山腰。但他拍拍身上的雪便站起来了，毫发无伤。他和林承忆在半山腰有些兴奋地向山顶的冯晖招着手。

冯晖站在山顶，他看着眼前陡峭的白色雪道，还是有点犹豫。山顶的风突然有些大了，凛冽的寒风穿过茫茫的雪原和森林，似乎想把冯晖往山下推。冯晖提了提滑雪服的领子，对着山腰上的付寒和林承忆做了一个手势，然后俯下身子，往山下滑去。

北风越刮越急，等滑下雪坡，才发现脚上的滑雪板完全不受自己身体的控制，冯晖的身体犹如自由落体般，渐渐地偏离了主要的雪道，失控地朝着雪道两边的森林坠去。

"黑道"不光坡度陡，还有一些隐蔽的沟槽和断崖。林承忆和付寒眼睁睁地看着冯晖从偏离雪道的一个断崖上重重地摔了下来，脊椎着地。然后，整个身子像是失去控制般的往森林里滚去。

林承忆赶紧卸下脚上的滑雪板，然后往山上旁边的森林里跑去。付寒也扔下滑雪的设备，跟在林承忆的后面。

他们看到趴在雪地里的冯晖，他的脸被树干擦出一条条血红的长印。

"冯晖……你还好吗？能站起来吗？"林承忆焦急地凑上脸。

冯晖的意识有些昏迷，他摇摇头，一脸痛苦地模样，什么话都说不出来。

"恐怕是摔得不轻……"林承忆皱了皱眉头，"付寒，你去拿着我们的滑雪板，我背着冯晖下山去。"

"为什么不坐缆车下去啊？"

"你这什么猪脑子，你看这一人一座的简易缆车能坐得下两个人么！"林承忆冲着已经昏头的付寒喊道。

付寒拍了拍脑门，赶紧扛起三个人的滑雪板，跟在林承忆后面。

林承忆抓起冯晖的手臂，然后背着冯晖，深一步浅一步地踩在雪地里，往山下冲去。

"冯晖，你还好吗？"他喘着粗气。

没有回应的声音。

他转过头，看到冯晖闭着眼睛，面色惨白，额头上全是细密的汗珠。他微微皱着眉头，像是疼得说不出话来。

"再忍一忍啊，马上就到山下了。"

林承忆气喘吁吁地背着冯晖，往山下冲去。

然而，此时此刻，我正和女生们坐在山底溜冰场旁边的休息室里喝热咖啡。我们对刚才在山上发生的那一幕浑然不知。直到我看到正处于昏迷状态的冯晖，我才意识到了事情的严重性。

滑雪场里的几个医务人员围在冯晖身旁，给他做简单的检查。

"脊椎可能断了，必须马上送医院。"一个护士转过身，对我们说。

我瞬间蒙了。高漩和临安安紧紧地牵着我冰冷的手。

"这附近没有大医院，我去打电话联系多伦多的医院。"唯独林承忆很冷静。

"可是多伦多到这里要三个小时的车程……"我担心地说。

"医院里有直升机救援队，很快就能到。"林承忆掏出电话，"会没事的，路遥……"他安慰我，然后转过身，给医院打电话。

加拿大医院急救队的效率很高，不到半小时，医院的直升机就降落在了滑雪场。冯晖被护士和医生送上直升机。而我们，也匆匆回到度假小屋，匆忙地收拾了一下行李，然后赶回多伦多。

回多伦多的路上，车里格外安静，我一个人傻傻地看着窗外，默默地告诉自己不要乱想，脑中却还是浮现出种种可能性。

脊椎可能被摔断了是什么概念？我不知道，也不敢去猜。

"路遥，你不要太担心。有我们在，我们都会帮冯晖的。"正在开车的林承忆突然说，他像是知道我在想什么。

"嗯……嗯……"此刻我不知道说什么好，只好默默地点头。

高漩轻轻地用手挽过我的肩，我把头靠在她肩膀上。透过汽车的后视镜，我看到林承忆开车时平静的表情。我从来没有过多地注意过这个男生，他在我的印象里，一直都是他刚出现时的样子，风度翩翩，却又玩世不恭。但那种玩世不恭与付寒是不一样的，付寒的"玩世不恭"带着一点天真，而林承忆，则充满着危险的意味。

但他是一个可靠的人，可靠的朋友。这点我不再怀疑。

冯晖在第一时间被推进了急症室。等我们回到多伦多，赶到医院，他已经结束了手术，在病房里休息了。麻药还没有散，病房里的他沉沉地睡着。

医生走过来说明了他的情况。他没有生命危险，但是情况比想象中要复杂一些。脊椎中度受压，但已经做了椎体复位手术，现在只有看恢复的状况了。医生说，如果摔得再严重一点，或者抢救得不及时，很有可能导致下半身瘫痪。

一听到这个"如果"，我的后背就拔拔地发凉。

我疲惫地看着病床上的冯晖，不知道该做些什么。

这个时候，林承忆走了过来，他不紧不慢地说："路遥，你们都先回去休息吧。我家就在这附近，我留下来陪冯晖。"

"这……"我有些犹豫，又觉得很不好意思。

"快回去休息吧，有什么情况我会给你打电话的。"他朝我摆摆手。

"会没事的，先和我回家吧，看你的样子，也很累了。"高漩走过来，挽了挽我的手。

我朝她点了点头。


深夜的病房安静得如同这个城市冬日的夜，林承忆坐在病床旁的椅子上打着小盹。

冯晖的意识渐渐清醒了，他缓缓地睁开眼睛，眼前的世界一片模糊。

窗外隐隐约约的北风声像是夹揉了一团轻柔的纸屑，呼啸得没有往日那般凛冽。

"是不是……又下雪了？"他迷迷糊糊地想。

他咳嗽了一声，下意识地想坐起身来，却发现上半身没有任何知觉。

"你醒了？"耳边有一个熟悉的声音，是林承忆。

"嗯，现在几点了？"他问道。

"凌晨两点。"林承忆的脸出现在他的面前。

"我……是不是摔得很严重？为什么我都坐不起来？"冯晖突然陷入了无助地恐惧。

"因为你刚动了手术。脊椎有些错位，没有骨折，也不会有什么危险。"林承忆的声音有些沙哑。

"噢……"冯晖失落地回答，他的潜意识里并不相信这个答案。但他无能为力。

"路遥呢？"他突然问。

"他们都回去休息了，只有我留下来。你要联系她？"

"不用了，太晚了。能不能……给我一点水，我好渴。"他抽动着干燥的嘴唇。

林承忆从桌上拿起一个矿泉水瓶，倒掉一半，然后小心地凑到冯晖的嘴边。

"你这次伤的不轻，可能要住一段时间的医院。要不要联系一下你国内的家人？"林承忆说。

"我没有家人。"冯晖平静地说。

"啊？"林承忆一愣。

"我爸妈在我很小的时候就离婚了，我跟我爸过。我爸在去年死了。"不知道是不是因为身体还很虚弱，冯晖的语气极其平淡。

"噢。"林承忆应答了一声，他没有再问其他的话。过了一会儿，他突然说："我和我爸也很久没见面了。"

"有多久？"冯晖问。

"快两年了。"林承忆回答，他低了低头。冯晖躺在床上，看不到他的表情。

"你觉得，你爸是一个好人吗？"冯晖突然问。

"呵呵……"林承忆突然笑了笑，"怎么突然问这个问题？不过说实话，我很小就出国了，出国后和他见面的次数掰个手指头都能数得过来。所以，其实我也不了解他是一个怎样的人。不过，他也不了解我就是了。"

冯晖没有接话，林承忆却继续说："有的时候想，他不懂我，这也没有什么不好的。如果他知道他的儿子在国外怎样挥霍着他的钱，对他来说，也不算什么好事吧。"

"呵呵，有点道理。"冯晖笑了笑。

"但是，你知道吗，我家老头子连护照都没有。他的儿子去过这个世界上的大部分国家旅行，可他却每天忙着赚钱连办护照的时间都没有。这样想想，他应该是个好人吧。"

不，你爸不是好人。他手段卑劣，将无辜之人冤死在监狱。你被他蒙蔽太久太久了。

"林承忆，你回家去吧。我没什么事儿，有点困，想睡会儿。"冯晖的声音轻轻的。

"噢，好吧。我给路遥发短信，让她明天一早来看你。"林承忆不由得伸了一个懒腰，此刻的他，确实很疲惫了。

"那我走啦。"他拿起大衣，对着病床上的冯晖打了一个招呼。

走到门口，刚想开门，他突然听到从病床上传来的声音。

"林承忆，谢谢你啊。"冯晖轻声地说。

林承忆疲惫地笑了笑说："你好好休息。"然后，他一伸手，把病床上的床头灯按灭了一盏，然后开门离开。

昏暗的病房里，只剩下冯晖一个人。

他闭上眼睛，脑海里不由自主地回想起今天发生的那些片段。寒冷的雪地里，刺骨的疼痛让他几近昏厥。迷糊之中，他听到了林承忆和付寒的声音。他想和他们说话，却怎么也发不出声音。

某一瞬间，好像感觉自己的身体已经游离出了那片冰天雪地。唯独有一个声音萦绕在耳边。那个声音在对自己说，再忍一忍啊，马上就到山下了。再忍一忍啊。

请再忍一忍。

黑暗中，冯晖的眼泪从眼角缓缓滑落。他不知道自己为什么要哭。

那年的圣诞假期，我几乎是在医院里陪着冯晖度过。手术之后的他没什么大碍，只是需要一段很长时间的住院治疗。

白天，只要不是去薛宅打工，我就去医院陪他。通常，我们都各自做着自己的事。他在病床上读着我给他带来的外国小说，我看下个学期的课本。和冯晖相处的那段日子，总感觉时间过得很快，往往一晃眼，已经是黄昏了。

有的时候，看着他读书时聚精会神的样子，我便好奇地问他："你在读什么呀？"

"远藤周作的《深河》。"他回答。

"很好看？"

"嗯，里面写到有一个日本人去印度做天主教的神父，却每天和印度教徒生活在一起。有一天，他在路上遇见正奔赴恒河准备死亡的印度教徒。那个教徒已经奄奄一息，没有力气再往恒河的方向走。于是，那个日本神父背起他走向恒河，完成那个教徒最终死在恒河的心愿。"

"天主教的神父完成了印度教徒的心愿？"我有些好奇。

"是的，在将死者尸灰抛入深河之中的同时，无数活着的人也站在河水中沐浴祈祷，他们毫不相互嫌弃。人，只有到了那里才显示出真正的平等与和睦。"冯晖有些一本正经地说。

我似懂非懂地点了点头。

"不过，真的会有这样一条河吗？可以让人坦然地结束生命中的所有忧患，坦然地面对死亡。"他合上书，自言自语地问道。

"路遥，我有些困了。你回家吧。"我不知道他为什么突然变得很失落，他不太利落地转了个身，单薄的背影显得有些疲惫。

"哦，好吧。"我也不多说什么，把课本塞进包里，准备离开。

走出医院，早上的大雪到现在已经有些停息了，但天空依旧飘着寥寥雪花。我一个人走到附近的电车站，在人群中等待着从东边驶来的电车。

不知道为何，心里有一种莫名的失落感。和冯晖交往的这段日子，这种失落感总是时隐时现，比如在他和我说话时突然沉默的时候，比如在我不知道他在哪里在做什么的时候，比如在我发现他在想什么但我却没有勇气或者立场，去问他"怎么了"的时候。而问题的根本，其实不外乎于，我并没有真正地了解他。

而当时的我并没有对我们的感情有过任何怀疑，因为我觉得，如果有些事情是我该知道的，不需要我问，冯晖会告诉我。而那些我不应该知道的事情，一定与我无关。所以，我不问，也不需要去知道。

那天，我照例去他的病房里陪他，走到门口，却发现里面有一个女生的身影。

一看，是杨琳尔。她正在帮冯晖削一只苹果，动作一如她的背影那般温柔。她转过头，看到了我。

"嗨，路遥。"她很大方地朝我打招呼，而我却显得有些尴尬。

"嗨，琳尔。"我拉了拉书包带子，有些不自然地站在门口。

冯晖像察觉到了什么，主动开口说："琳尔知道我住院了，就过来看看我。"

我走进病房，杨琳尔坐在里面唯一的一张椅子上，她半靠在冯晖的病床上，用小刀切了一小块苹果，温柔地送到冯晖的嘴里。她的动作那么自然，似乎一点都不避讳我的存在。或者说，她不在乎。

而冯晖，他轻轻地用手一挡，然后对杨琳尔说："我自己来好了。"

杨琳尔一愣，然后放下了叉子。

"琳尔，以后你不用花时间来医院看我了，有路遥在就足够了。"冯晖缓缓地说。

我一愣，冯晖刚才说的是"足够了"这三个字。我知道，他是在我们两个面前，表明他的态度。

杨琳尔的脸色突然变得很僵硬，但是，她还是努力地挤出了一个微笑，然后对冯晖说："嗯，反正你早点恢复就好。下个学期乐团还有去美国演出的任务呢。"

"嗯，我会尽力的。那个，我和路遥有一些事要说……"我明白冯晖的言外之意。

聪明的杨琳尔也很识相，但她依旧保持着她一贯的优雅，"嗯，你好好休息。我先回家了，等下还有约。"

她说完便拎起包，转身离开。

我走上前，问冯晖："你有什么事要和我说？"

"我现在忘了。"冯晖对我笑了笑。

"你太坏了……"我走上前，拥抱住病床上的他。

他伸出手，温柔地抚摸着我的头发。这就是冯晖，他总是这样一次次向我肯定我和他的感情，容不得我半点怀疑。

而杨琳尔站在病房外面的走廊上，她微微抽动着嘴唇，但她没有哭出来，而是深吸了一口气，然后往电梯间走去。

时间就伴随着一场又一场的大雪悄然过去，不知不觉地，就到了除夕。

这是我第一次没有和家人过年，也是第一次在国外过年。本以为国外不会有什么春节的气氛。然而，在拥有近八十万华人人口的多伦多，新年的气氛居然比国内都要浓厚了。中国城自然不用说，无论是餐厅还是商店，都挂着国内已经不时兴的大红灯笼，甚至还时不时地有在国内大城市都很少见到地舞龙舞狮表演。就连西人超市和商场都以春节为噱头大搞促销活动。一时间，整个城市都洋溢着过节的气氛。

然而，这个城市的春节气氛越浓，我的心里却越来越悲凉。以往一个星期要给家里打好几次电话，到了临近春节的这段日子，反而不敢和爸妈通电话了。

"你爸说了，今年随便过过就算了，反正你不在，怎么过都不是个滋味。"电话里，妈妈这样失落地说。

"我身边的同学还不是都不能回家过年，大家都差不多啦。"我不知道该说些什么，只能应付了事。

只是，我身边的这些朋友，和我是不同的。比如很早就出国念书的临安安和林承忆，春节对于他们来说，不过是一个可有可无的符号。他们早就习惯了一个人漂泊在异乡的日子，也习惯了在这样原本应该和家人团聚的日子里给自己找点乐子。

而对于付寒来说，春节的意义不过是去哪个高级的餐厅大吃一顿，或者去哪里度个假。

在我们中间，只有高漪在加拿大有亲人。而当我问她，春节回不回蒙特利尔和她母亲一起过的时候，她给我的回答却极其冷淡。

"那天有课，不回去了。"她就这样简单地回答。

"哦。"我点点头。

"她比我过得好，听说老外要带她去迈阿密度假。"高漪笑笑，"老外"是高漪对于她继父的称呼。

"你也可以去嘛，请几天假的事。"我说。

"谁要……"高漪轻蔑地笑了笑，"我圣诞节都打算留在多伦多打工呢。"她满不在乎地说。

我一直都搞不懂她和她母亲的关系，在我看来，就算已经分别了十多年，在出国的时候还愿意带上自己的女儿，这样的母亲，怎么说都是伟大的。因为，带高漪来加拿大，并不是一件容易的事情。我看到过很多人为了拿加拿大身份花巨额的中介费找律师打移民官司，甚至铤而走险假结婚，很多人辛辛苦苦在这片土地上打拼十多年都有可能拿不到那一张薄薄的枫叶卡。又有多少留学生是怀揣着移民的梦想来到这个寒冷的国度读书的。若是这片土地不美好，又怎么会有那么多人前赴后继地到这里来扎根。而高漪，因为她母亲的决定，轻而易举地就拿到了加拿大身份，我身边的中国留学生们，无不感到羡慕，甚至嫉妒。因为，在我们眼里，她母亲的这个决定，几乎改变了她的人生。

而高漪似乎并不这么认为，她没有觉得自己的人生有变得多好，甚至不希望这种改变。后来，我想了很久原因，结论就是这一切对于高漪来说，来得太容易了。如果她像我这样，带着父母大半辈子的积蓄来到这里，就不会如此无所谓。

冯晖的身体康复得很快，在医院疗养了几周之后，他已经能独自下床走动了。只是，他仍旧不能出院，需要再住院一段时间。这也意味着，他要在病房里度过除夕夜了。

正当我为这个有些发愁的时候，林承忆却主动提议说，我们一起去医院里，给冯晖一个惊喜。

他提议，我们去超市买些饺子皮和食材，然后一起去他的病房里包饺子。

"去中国餐馆买现成的不就好了。"付寒不解新意地提议道。

"那还不如直接去餐厅打包桌年夜饭好了。"我白了付寒一眼。

"好主意呀。"他一拍大腿，天真又欠扁地说。

不过，除夕那天，他还是很听话地开着他的白色跑车和我们去中国超市买食材。

冯晖对于我们集体的突然到访感到很惊讶。

"这是林承忆出的主意。"我笑着指了指林承忆。

林承忆站在旁边有些不好意思地笑了笑。

在加拿大的第一个除夕夜，我们六个人，就这样挤在冯晖的小病房里嬉笑着包着饺子。

"是不是应该塞个硬币进去，这样才显得吉利？"高漩突然说。

"塞硬币太过时了吧，我写支票。"付寒的脸上还沾着白色的面粉。

"你说到做到，别耍赖。"我最喜欢和付寒开玩笑。

"你直接把银行卡压在我这里，然后弄张纸条写你的银行卡密码就行。"林承忆笑着说。

时间在欢笑中不知不觉地过去，一眨眼工夫，一锅形状各异的水饺就做好了。高漩搬出从家里带来的电磁炉，开始煮了起来。一时间，病房里水气腾腾，充满了饺子的香味。

没有桌子，我们几个人就坐在地板上狼吞虎咽地吃了起来。窗外飘着大雪，看着眼前的这一张张年轻的笑脸，我却打心眼里觉得温暖。

吃完饺子，付寒又不知道从哪里弄来一副扑克牌，一群人又聚在冯晖的病床上打起扑克来。就这样，我们玩了一局又一局，当我觉得有些困的时候，拿出手机看了一下时间，居然已经凌晨两点多了。

大家揉揉疲惫的眼睛，准备散伙。付寒送临安安回家，林承忆送我和高漩回家。我和冯晖拥抱了一下作为告别，然后拎起带来的锅碗，和林承忆他们一起走出了病房。

刚关上病房的门，我就停下脚步，对林承忆说："林承忆，有一些话我想对你说。"

高漩看了我一眼，像是明白我要说什么，说了句："我先下楼去等你们。"便先下了楼。

"怎么了？"林承忆拎了拎大衣的领子，有些疑惑地看着我。

"那个……有一些话憋在心里很久了都没有对你说，真的很谢谢你为冯晖做的事。"我低了低头。

我很清楚地记得，是他把身受重伤的冯晖背到山脚，是他果断地去打了急救电话，是他一个人留下来观察着冯晖的情况，是他提议大家一起在病房里陪冯晖过除夕夜。这些，都是他做的。

不是我。


"别这样说，其实冯晖的事故，我也有责任。"他淡淡地说。

"路遥，你知道吗？其实，出国那么久了，我都没什么真正的朋友。我从来没有自己一个人过过任何一个节日，我几乎随时都可以召集到一群人去玩，去疯。但是，我却觉得自己没什么朋友。像我这样的人，应该是很可悲的吧。"他冷笑了一下。

"我们……难道不算是真朋友吗？"我抬起头问他。

他笑了笑，没有回答我。他的冷酷始终像一道墙。

"其实，当我第一次看到冯晖的时候，不知道为什么，我就觉得，这个人和我那么像。后来和他一聊，发现我们的经历那么相似，都是那么小就出国。每次看到他，我都隐隐约约觉得，他似乎知道我在想什么，他好像懂我。就好像我的弟弟一样。"林承忆说完，把头低到了衣领里。

"出国那么久了，是第一次有了这样的想去真正相信别人感觉。呵呵，你一定觉得我很奇怪吧？"他问我。

我摇了摇头，没想到他会和我说这么多。

"所以，我一直把他当作好朋友。尽管，他可能并没有意识到。不过，也无所谓啦。"他笑笑。

除夕夜，医院凌晨的走廊上，林承忆就这样向我坦白着自己。

"走吧，高漩在楼下等很久了。我送你们回家。"他拍了拍我的肩，然后转过身，和我一起往楼下走去。他的黑色风衣上有淡淡的古龙水的味道，像是他风尘仆仆的人生里，少有的那一丝清新和温情。


而冯晖，他拄着拐杖，站在病房门口，听到了我和林承忆所有的谈话。

对面的窗户上倒映着他的身影，他伸出手"啪"地一下关掉了房间里的灯，他不想看到自己此刻的表情。


约克威尔，付寒的车停在了临安安的公寓楼下。

"那我先上楼了。"临安安拎了拎包，准备开门。

"新年快乐。"付寒对她笑了笑，突然，他皱了一下眉头，然后伸出手用力地揉了揉眼睛。

"最近不知道怎么了，总感觉眼里有东西……"他边揉边说。

"让我看看……"临安安凑近，她看到付寒的眼睛里满是红红的血丝。

她就着车厢里昏暗的灯光，轻轻地掰开付寒的上眼睑。

无数褐黄色的小疙瘩像是密密麻麻的蛆虫，滋生在付寒的眼睑之下。

# Chapter 10

## 第 十 章

　　“你有看到过你眼皮底下长了什么东西吗？”昏暗的灯光下，临安安的手在颤抖。

　　“没有……之前就是觉得痒，滴了好几个月的眼药水都没有用，最近总感觉里面有东西似的，好难受。”付寒用手捂了捂眼睛。

　　“里面有什么？”付寒抬起头，睁开通红的眼睛。

　　“你的眼球上长了好多……小疙瘩。”临安安吸了一口凉气，她不知道该怎样去形容。

　　“安安，你没开玩笑吧？眼球上怎么会长小疙瘩？”付寒愣了一下，然后他把眼睛凑到后视镜前，用手扒开了他的眼皮。

　　“我靠，这什么啊……”他一惊，“啪”地拍打了一下后视镜。

　　“我的眼睛里怎么会长这么恶心的东西……”他转过头，愣愣地看着临安安。

"你别着急，可能是发炎了。明天我陪你去医院。"临安安沉了一口气。

"唉。"付寒叹了一口气，"本来还想回国再说的。"

"明天上午十点，我在家里等你。"临安安说。

"好。"付寒略显疲惫地点了点头。

短短的圣诞假期很快就过去了，崭新的一个学期来临了。冯晖还是没能在开学前出院，不过他已经恢复得差不多了，最多也就耽误一个星期的课程。

王太给我打电话，问我今年是不是还会继续在薛家工作。犹豫再三，虽然非常需要这笔微薄的薪水，但是，我支支吾吾了半天还是没能答应下来。而我犹豫的原因，除了薛子逸这个讨厌鬼，还有我的学业。

这个学期的课程对我而言，比上个学期要紧张得多。刚一开学，导师就一连布置了好几个课题，让我觉得有些喘不过气。所以，我几乎没有时间去医院陪冯晖了，只是和他不间断地保持短信联系。

那天傍晚，林承忆突然出现在了冯晖的病房里。

"嘿，今天课下得早，就过来看看你，怎么样？快出院了吧？"林承忆依旧穿着那件黑色的风衣。在寒冬里，总让人觉得有些单薄。

"嗯，下个星期就可以出院了。有点等不及了，呵呵。"冯晖支起身子，坐了起来。

"今天我听一个学长说，其实我们入学的时候，都有买了学生保险。所以，你住院的费用，除了医保，还可以通过保险得到一部分补偿。"林承忆拉开一张椅子，坐了下来。

"哦？需要办什么手续吗？"冯晖问。

"拿上你的住院证明，还有你的学生证就可以。因为这个保险有时限，所以要尽快去办。"

"噢，这样。"冯晖点了点头。

"如果可以的话，我可以帮你去申请这笔补偿，我认识个学长在学生会专门负责这块。"林承忆说。

"真的可以吗？太感谢你了。"冯晖感激地说。

"需要你的学生证和学习签证。"林承忆说。

"都在我的背包里。"冯晖指了指放在桌上的那个黄色背包。

"噢。"林承忆说着就走了过去，把包一拎。

突然，"叮当"一声，一个小玻璃瓶从背包外面的口袋里滑落了出来，掉在了地上。

那小玻璃瓶并没有摔碎，而是沿着地板滚到了窗台边。

林承忆有些好奇地走了过去，然后捡起了那个小玻璃瓶。

里面有两片淡黄色的药片。其中的一片颜色淡些，似乎是被人摸过，所以表面有些模糊。

"这是什么？"林承忆凑近那个小玻璃瓶，有些好奇地问。

"……你还给我。"冯晖的脸色在刹那间变得苍白了起来。

"什么啊？"林承忆看到冯晖的反应，反而更好奇了。

"一种……一种药……"冯晖支支吾吾地说。

"什么药？"林承忆把玻璃瓶放在手心里，然后把手放到后背，眼睛直勾勾地盯着冯晖，像是一定要问清楚似的。

"一种……对我来说很重要的药。"冯晖低了低头，睫毛有些忧伤地垂了下来。

还没等林承忆问，他就继续说："一种吃了，可以让你忘记某件事、某个人的药。"

"这么神奇？"林承忆惊讶地看着玻璃瓶里那两片普通的黄色小药片。

"当然是骗你的，你赶紧还给我。"冯晖伸出手。

"我不管，这个药送给我了。"林承忆顺势把玻璃瓶塞进了风衣口袋里。

"你别闹！还给我！"冯晖的声音不由得提高了八度。

"嘿嘿，你脸上的表情告诉我，你说的是真的。"林承忆对着冯晖邪邪地笑着。

细密的汗珠在冯晖的额头上冒了出来。此时此刻，他很想冲过去把林承忆口袋里的玻璃瓶抢过来。但是，他无能为力。旧伤未愈，他的身体因为紧张有些微微地疼痛起来。

"谢喽。"林承忆故意装作俏皮的样子朝冯晖挥挥手，他完全不知道这两片小药片对他来说意味着什么。

"不过，我觉得这个药片对我来说，很难用得上。"他说。

"为什么？"

"因为，我没什么想去忘记的人和事。人生里，留点恨和遗憾，不是也挺好？"林承忆说。

冯晖刚想说"那你还不还给我"，却被林承忆的一个手势给挡住了。林承忆从他的包里拿出了学习签证，然后做了一个"OK"的手势，说了句："放心吧，保险的事，就包在我身上了。"就转身离开了。

冬日午后的阳光明晃晃地照进病房，冯晖慢慢地起身，然后走到窗边。

医院楼下人来人往，穿着一袭黑色风衣的林承忆从医院里走了出来，然后朝马路对面走去。冯晖面无表情地转过身，把身子靠在窗台上。没有人知道他在想什么。或许，连他自己都不知道此刻自己究竟该做什么。


同样在这个还算暖和的冬日午后，我和临安安一起从教室里走了出来。

"去图书馆还是回家？"我问临安安。

"随便吧。"她有些无精打采的样子。

"怎么了？昨晚没休息好？"我问她。

"昨天和付寒一起去医院检查了他的眼睛，有点担心。"她略显疲惫地说。

"付寒的眼睛怎么了？"我惊讶地问。

"眼球上长了些东西，刚开始以为只是发炎。但是昨天去医院检查的时候，医生说问题可能不是发炎那么简单。后来又是验光又是抽血还拍了片……所以，觉得有可能会很严重。"临安安叹了一口气。

"别想太多啦。我觉得啊，可能是付寒经常整夜打游戏，才把眼睛给弄坏了。应该没什么大问题啦。"我并没有故意安慰临安安，而是觉得付寒这个家伙经常昼夜颠倒，生活规律混乱，得个小毛病应该是挺正常的事情。而他，向来都有好运气。所以，对他来说没什么大不了的。

"但愿是吧……"临安安还是忧心忡忡的样子，"那我先回家了，今天觉得好累。"她疲惫地说。

"嗯，回去好好休息。"我们在学校门口分别，我独自一人走去电车站坐电车。

每年的一二月份，是多伦多最寒冷的那两个月。大雪往往来得毫无预警，茫茫大雪伴随着从安大略湖上刮来的凛冽的风势，在瞬间就可以把整个城市冰封起来。

早上还是艳阳高照的万里晴空，现在的天瞬间变得阴沉起来。打开手机里的天气预报，红色的寒潮警报已经发布，又一场暴风雪即将来临。我哆哆嗦嗦地站在电车站里，想早点回家。

电车绕过中国城，驶进登打士西街。当车经过约克公园的时候，我看到了一个熟悉的身影，是阿吉。他正往公园里面走去。

"嘿。"我下了车，在他身后叫住了他。

他看到我，依旧憨憨地笑了笑，然后说："今天这么早就放学了？"

"嗯，晚上要下大雪，所以早点回来。你在这里做什么呢？"我问他。

"我去那里。"他指了指约克公园里面的那个老教堂。

"我现在，每周三和周六都会来这里做礼拜。"他继续说。

"哟，信教了？"我觉得有些意外。

"嗯。"他点了点头，"你要不要和我一起去教堂看看？"他问我。

"嗯，好啊。"我好奇地答应了下来。

他说是餐馆里打工的几个教徒带他去教堂的。这点很耐人寻味，很多人在国内都没有信仰，出国之后，却开始虔诚地信教。漂洋过海来到这个寒冷又陌生的国度，除了身体，灵魂也需要有归宿。

约克公园里的这个教堂，相比多伦多市区其他的教堂，显得格外冷清和破旧。似乎是缺乏修缮和维护，教堂外观的砖墙已经锈迹斑斑。一块陈旧的木牌立在教堂门口——国语礼拜：周三、周六。粤语礼拜：周日。很显然，这是一个华人教堂。

教堂里面的陈设也很简单，几排陈旧的长椅，最前方是礼拜台和基督像。

令我意外的是，在里面做礼拜的教徒却并不少。清一色穿着简单的华人，应该都是这一带的居民。

我和阿吉站在队伍的最末端，冷风从教堂门口飕飕地吹进来。我有点想回家了。

"……上帝爱世人，甚至将他的独生爱子赐给我们，听一切信他的不至灭亡，反得永生……

"……上帝原谅我们的罪，赐我们日用饮食，让撒旦远离我们……"

牧师在前面用着一口不太流利的国语宣誓，信徒们在底下默默地做着祷告。我看到阿吉也跟着默念着什么。

仪式结束之后，教徒们便陆陆续续离开。我和阿吉随着人群往外走。

"你怎么会想到去信教？"我们走在约克公园里被积雪覆盖的小道上，我有些好奇地问他。

"呵呵，我也不知道。"他坦白地说，"我只是觉得，每次去教堂做礼拜，心里都很平静，好像可以暂时放下一些事情。"

"还惦记着你哥哥？"我问。

他点点头。

"去美国真的需要好多钱啊……"他有些忧心忡忡的样子。

"其实你哥哥在纽约也挺好的，你为什么非得也去美国呢？"我开导他。

"不行，我来加拿大就是为了见我哥哥。"他就是这样的死脑筋，我不再说什么了。


那夜的暴风雪如期而至，往窗外望去，外面的世界已经迷蒙成一片，连街对面的房子都看不清楚了。凛冽的寒风吹得窗户"砰砰"直响，那风声越来越大，似乎连屋顶都可以被吹翻。我躺在床上，想着明天一大早的课，忐忑不安地逼自己入睡。

等醒来，外面已经是艳阳高照，暴风雪已经过去，白日下的城市一如往常地静谧。只是，刚走出门，便被外面没到膝盖的积雪给吓了一跳。如果不是阿吉很早就爬起来扫雪，我估计连出门都困难。

这就是多伦多的冬天，无穷无尽的大雪让人觉得倦怠。庆幸的是，作为世界上空气最干净的城市之一，虽然寒冷，万里晴空依旧没有离开过这个城市。


冯晖终于出院了。为了庆祝他康复出院，我们一起在学校附近的小餐馆聚餐。我们六个人再一次聚在了一起。

付寒依旧一副生龙活虎的样子，我留意了一下他的眼睛，似乎也没什么异样的地方，心想一定是临安安想太多了。我们像往常一样在餐桌上谈笑风生，突然，我的手机响了，是一个陌生号码。

犹豫了一下，我还是接了起来。

"Hello？"

对方并没有和我打招呼，而是劈头盖脸地问了一句："多少钱？"他说的是中文。

我被弄得有些莫名其妙，然后问："什么多少钱？"

对方停顿了两秒钟，然后把电话挂了。

这已经不是我第一次接到这种来路不明的电话。早在两天前，我就接到陌生的电话号码，也是一个男性的声音。他莫名其妙地问我："有空吗？"我说："你是谁啊？"然后，对方就把电话挂了。

"怎么了？"冯晖在一旁问我。

"有人打错了。"我皱皱眉头，不想多说什么破坏了大家的兴致。

"噢。"冯晖似乎若有所思。

还有一件值得高兴的事情。饭桌上，林承忆说，冯晖的医疗费用，除了学生保险补偿的一部分之外，通过向保险公司申诉，冯晖还获得了一部分意外保险的补偿。这对于经济情况并不宽裕的冯晖来说，真是个好消息。而我也很清楚，这一切，都是因为林承忆的帮忙。

我打心底里感激他。

"冯晖，你爸妈知道你住院的事情吗？"饭桌上，付寒突然提起了这个话题。

我一愣。因为，冯晖从来没有提到过他的父母。他越不提，我也越不好意思问。因为，问别人父母的工作，特别对于背景或多或少都有些复杂的留学生群体，是一件有些尴尬的事情。

"他们不是很清楚……"冯晖有些支支吾吾地回答。显然，他在回避这个问题。

"什么叫不清楚啊？你住院那么久，他们怎么不来加拿大看你啊？"白目的付寒对这个与他无关的问题穷追不舍。

冯晖握着筷子，尴尬地杵在那儿，似乎很不想回答这个问题。

"付寒，你管人家啊。"林承忆突然对付寒呛了一句。

"我是对冯晖表达一下自己的关心好吧。"付寒吃了一口宫保鸡丁，然后为自己辩解道。

"少啰唆，来，让服务员再上两罐啤酒。"林承忆巧妙地打断了他的话。

那顿晚餐，我们每个人都喝了点啤酒。我酒量不好，只喝了一杯便有点醉了。聚会结束之后，行动仍不算利索的冯晖执意要送我回家。

我们一起下了电车，然后走到我住的那栋红砖老房子前。

"回去好好休息。"冯晖走了过来，轻轻地搂了我一下。

"嗯，你也早点回家。"我有点舍不得他，但还是转过身，准备上楼。

"对了，路遥。昨天在加国论坛看到了一条帖子，里面有写到你。你回去有空就看看吧。"他似乎犹豫了一下，才告诉我。

"关于我的？什么内容啊？"我好奇地问。

"自己回去看吧，在多市交友版块里。"他说。

"噢，好吧。"我被弄得一头雾水。怎么可能会有人来讨论我呢？我觉得有些意外。

"噔噔噔"地跑上楼，第一件事情就是打开电脑，然后点进了那个叫作加国论坛的网页。这是一个华人论坛，除了之前在上面找过房子，我几乎很少上。

有些生疏地找到了交友版块。点进去，在首页上扫了一遍，并没有发现什么有什么关于我的信息。

仔细地又看了一遍，一条名为"多大大一女生上门服务"的帖子引起了我的注意。

点进去，楼主的帖子写得极为简单，跟帖已经超过了十页。

"多伦多大学大一新生，因紧缺生活费，所以提供上门特殊按摩服务。"而上面她留下的电话号码，居然是我的电话号码。

我呆呆地看着那条帖子，大脑瞬间空白。

我不敢拖下去看底下的留言，默默地合上了电脑，然后躺到床上。

"到底是谁在恶作剧？！或者说，为什么要这样来陷害我？"我躺在床上，越想越生气，有一种欲哭无泪的无力感。

我抓起手机，有些万念俱灰地给冯晖发了一条短信。

——"我看到了，但我什么都不知道。"

他会相信我么？我又用什么来证明自己的无辜呢？而且，我也确实需要钱。

都是贫穷惹的祸。

手机马上振动了起来，我有气无力地抓起手机，打开了冯晖给我的回复。

——"下楼"只有短短的两个字。

我爬下床，往窗外一望。看到冯晖居然还站在楼下，他一直没有离开。他看到了窗边的我，于是拿起手机朝我晃了晃。昏暗的街道上，他手机屏幕上的荧光，照亮了他的半边脸。

"我……"屋外的寒风飕飕地吹，还没等我说完，冯晖便走了过来，一把抱住了我。

"什么都不用说，我知道的。"他在我耳边轻轻地说。

"你……相信我？"我的眼睛在瞬间红了。

"你知道答案。"我的耳根感觉着他呼吸的一丝丝温热。

"但是……是谁要发这样的帖子来陷害我？"我的眼泪无助又委屈地滑落

了下来。

"呵呵。"冯晖突然笑了笑,他搂着我的肩,认真地看着我,"我不想知道,也不需要知道。反正那不是你发的,我知道这个,就够了。"

我还是哭。我做人那么小心翼翼,对谁都是迁就忍让。我这样微不足道。可是,为什么这样的事情还是会发生在懦弱的我身上。我想不明白,真的想不明白。

"好啦,回去休息吧。我只是想让你知道这么一件事而已。你放心,我已经联系了网站让管理员删帖了。你什么都不用担心。"他捏了捏我的脸。

"嗯,你早点回家,好好休息。"我握住了他的手。他的手刺骨的冰凉。

那一晚,回到房间里,我还是没能睡着。高漩依旧很晚才回家,想去她房间抱着她哭一场,走到她房间门口,却发现里面已经没有了声响,应该是已经睡着了。她太累了,每天下了课就去打工,深更半夜才能回家。我们虽然住一起,但是见面的次数却少。

空荡荡的房间里,只有窗外暴风雪呼啸而过的声音。

第二天,我想找临安安,但是她却没有在学校。发了短信问她,才知道今天她要陪付寒去医院拿检验报告。

医院办公室里,只有医生、付寒、临安安三个人。

那个英俊的白人医生看起来顶多四十来岁,他看了看付寒的检验报告,然后微微皱了皱眉头。

"你父母现在的身体都好吗?"医生突然问。

"都很健康。"付寒回答道。

"没有遗传……"医生有些疑惑不解地自言自语道,"这个是你的检验报告……"他把报告推到了付寒的面前。

"这什么意思啊？"付寒打开报告，里面全是陌生的医学专有名词。

临安安因为很小就来国外读书，英文要好很多，她接过报告，帮付寒看了起来。

刚才还平静的表情，现在突然变得有些凝重起来。

"上面写了什么？"付寒突然变得有些紧张起来。

而临安安没有理会付寒，而是用英文向医生确认着什么。那医生默默地点了点头。

"你们在说什么啊……"付寒有点着急了，那些医学术语他一个单词都听不懂。

临安安愣愣地看着付寒，她不敢说话。然后，她沉了口气，缓缓地说："上面确诊的是，视网膜母细胞瘤。"

"什么意思？"付寒还是听不明白。

"就是俗称的眼癌。"

"眼……癌？临安安，你没和我开玩笑吧？眼睛也能得癌？"付寒愣愣地看着临安安。

"上面是这样写的。"临安安低了低头。

"胡说八道！"付寒把报告摔在地上，"我才不信，眼睛里长个东西就说是癌，傻×医生，傻×加拿大医院！"付寒吼道。

"刚才医生说了，这个病一般都是遗传，而且一般都是在很小的时候就会被发现，你的情况确实有点例外……"临安安把地上的报告捡了起来，冷静地对付寒说。

"所以说一定是这群傻×弄错了啊！我现在都二十三了！"付寒转过头，对着医生吼道："我要再重新检查一遍。"

"付先生，我能理解你的心情。但是，我想没有这个必要了。各项指标都显示得很清楚，仪器是不会出错的。"医生低了低头。

"胡扯！我要重新检查！就现在！"付寒抓起临安安手里的报告就朝医生

的写字台上扔了过去。

白纸哗啦啦地从半空中飘落下来，撒满了整桌写字台。

"付先生，你冷静一点……"医生站起来，扶住付寒的手臂。

付寒的眼泪"啪啦啪啦"地从他的眼睛里掉落下来。

"安安……你看我还能哭，不就说明眼睛还好好的么？"他说话的语气就像一个委屈的孩子一样。

临安安抱住付寒的头，付寒在临安安的怀里，绝望地哭着。


确诊那天晚上，临安安就给我打了电话。我算是在第一时间得知付寒病情的。其实很早之前就知道付寒的眼睛不是很好，但是，怎么也想不到，会是得了眼癌——这个对很多人来说很遥远的疾病。

"那……要怎么治疗？"一想到有可能要在眼睛上动刀，我就觉得不寒而栗。

"和其他癌症一样，需要化疗。不然癌细胞就有可能扩散到身上其他地方。"临安安在电话里疲惫地说。

"会对视力有影响吗？"我继续问。

"这个还没敢告诉付寒。医生说，能保留住一只眼睛的视力已经算是幸运……"

我不再问任何问题了，因为我不想再听到这些残酷的答案。

癌症，化疗，丧失视力……我实在无法将这些触目惊心的词语和付寒联想在一起。那个穿着维尼熊图案睡衣的付寒，那个喜欢吹牛又天真的付寒，那个一本正经地对我说，想认真喜欢一个人的付寒。

上帝为何总是要这样排列人和事，他是不是一个自私的幼稚鬼，是不是总是见不得人好。

我想不明白。

　　临安安说付寒这几天不想去学校，把自己关在家里，谁也不想见。但是，那天放学，我还是独自前往付寒的公寓。在士巴丹拿路的尽头，那几栋高层公寓像这个冬季干枯的树一样孤零零地屹立在辽阔的安大略湖畔。

　　深冬季节，湖畔的风比市区的要凛冽一些。我哆嗦着走进公寓的大楼，在一楼的液晶屏上按了他的房间号码。

　　"嘟——嘟——"响了好几声，都没有人应答。

　　我有些担心起来，继续按。

　　"喂？"终于被接了起来，是付寒不太耐烦的声音。

　　"付寒，我是路遥……"我说。

　　"噢。"他没多说什么，直接打开了电梯门的锁。

　　坐上电梯，走到他家门口，发现家门已经是半敞开着的，但是却看不到付寒的身影。我小心翼翼地走了进去，然后关好了门。

　　窗帘拉着，除了一盏昏暗的地灯，整个客厅里没有其他光源。

　　"付寒？"我边叫着他的名字，边往客厅里走去。

　　"我在这里。"一个无精打采的声音从房间里传来。

　　我走到房间门口，看到他趴在床上，手里握着游戏机的手柄。电视机上不断跳跃的五彩缤纷的画面光线倒映在了他的脸上。

　　"你疯了？还在玩？"我惊讶地说。

　　"怕以后再没有机会了，趁现在多玩会儿呗。这一关我闯了两天都没有闯出来呢。"付寒满不在乎地说。

　　我既生气又着急，恨不得冲过去就把电视机的线给拔了。

　　"你来找我有什么事呀？来做饭给我吃吗？"他说话的语气，完全听不出来像一个癌症病人。

　　"我才没那么好心！你……随你吧！"我支支吾吾地不知道该说些什么，平时，我会直接劈头盖脸地就说一句"你就乖乖等死吧"，但是现在，这句玩

177

笑话我怎么都说不出口，一个"死"字卡在嘴里，好像说出来，就会变成真的。

"嘿。"付寒突然扔下游戏手柄，"你还真以为我在等死啊？"他对我笑了笑。

"昨天，我一个人去找医生聊了聊，其实我的病，发现得还算及时。不至于会死的。今天早上林承忆还来我家看我，平时怎么不见你们对我那么好，现在是要来和我告别么？"他自嘲道。

"你别给我胡说，我们只是担心你。"我打断他的话。

"我是不会死的，我还没去过奥兰多迪士尼呢。"他说完就笑了，我也笑了。

他经常提奥兰多迪士尼，说里面大得无法想象，玩一个星期都玩不完。他之前就一直嚷嚷着说要去。都这个时候了，他还惦记着这个。

"你和你爸妈联系过了么？"我无意中问道。

"没有，不打算告诉他们。"他冷冷地说。

"你没开玩笑吧？这不是小病小痛……"我惊讶地说。

"嗯，我知道。但是，我想过了，就算告诉他们，又怎么样呢？我爸什么都不管我，一年里有三百天不在家里，我妈每天只知道刷卡买东西、打麻将……她什么都不懂什么都不会，什么都是保姆帮她做，你让她去药店买盒感冒药，她都不知道买哪盒呢。"他露出了一个无奈的笑容。

然后，他继续说："三年前我去哈密尔顿（注：安省某小城）读高中，那时还算是小孩子，发高烧到昏迷不醒，因为都到了住院的地步，所以学校打电话到我家里，结果，根本联系不到我爸。后来打给我妈，我妈在电话里发脾气，说交了那么多钱怎么没有照顾好我，然后就把电话挂了。她就这样把电话挂了哎？应该是生气学校的电话吵到她了吧。"

"从那个时候起，我就告诉自己，以后要靠自己了啊。要靠着他们的钱，然后靠自己。"他的大眼睛水汪汪地看着我。

"小时候，我在学校搞破坏，故意把教室里的窗户砸坏。老师让我写检讨书然后拿回家给爸妈签字。我爸只塞给我几百块。我开车把人撞了，我爸拿几万块钱去医院把事情给私了了。我报国外的大学学分不够，我爸花了十万找了最好的中介帮我写了材料……从小到大，他就告诉我，钱能解决这个世界上绝大部分的事情。这是他唯一教会我的东西。"

"所以啊，路遥。"我站在他面前，一声都不吭，但他还在继续说，"其实根本不用担心呀，我会找最好的医院，最好的医生，用最好的药。况且，这个病的治愈率有百分之六十多。而且，就算我的眼睛废了，我也会去黑市买到可以移植的眼睛，这在美国不算什么难事。所以，路遥，不用担心我。你们，都不用担心我。我已经很幸运了。"

他说完，眼睛还是湿了。我的眼眶也湿了。

没错，付寒说得一点都没有错。他有钱，已经很幸运。但是，我却希望他再幸运一点。

请再幸运一点。

我从付寒家离开之后，付寒放下游戏手柄，他像是突然累了，整个人瘫在床上。公寓里安静得像是一个死穴，只有中央空调吐着微微的风。他抬起手，轻轻地抚摸着自己的眼皮，他能清晰地感觉到里面异物的突兀感。

一颗可怕的肿瘤，正从他的眼部开始，往他的全身逐渐地扩散着癌细胞。

"但是，我好想活下去啊……"

正在此时，手机在床边振动了起来。他摸索着找到手机，上面显示的是一个"+86"开头的电话号码，是来自中国的电话。

"喂……"他有气无力地接了起来。

"儿子？"是妈妈的声音。

"妈，你怎么会突然给我打电话？"很久没有接到妈妈的电话，付寒觉得有些意外。

电话里，妈妈突然大哭了出来。

"妈……你都知道了？"付寒的手在颤抖。

"当然啊，那么大的事……能瞒得了我吗？"她的声音还在抽泣。

"没关系的……没关系的……我会没事的……"付寒沙哑地说。

"怎么会没事？你爸都进去了，我们家，真的要撑不下去了。"

"啊？"付寒一愣。

"我打电话来就是告诉你，你爸因为开了假的承兑汇票，涉嫌贷款诈骗，已经被关进了看守所。陈叔帮你爸找了律师，但是，因为涉案金额太大，情况不太好，你爸最少也得判个无期……"

付寒的脑袋"嗡嗡"地响，他什么话都说不出来。

"而且，那个贱女人，拿走了你爸所有的财产！"

# Chapter 11

# 第 十 一 章

整个2月，就在这一场又一场的大雪里结束了。

3月对于多伦多来说，依旧是属于冬天的月份。春天对这座北方城市来说，还很遥远。

对于我们大学来说，虽然中国留学生众多，但是，留学生的圈子其实很小。所以，只要一有什么花边新闻，便会作为八卦在圈子里流传。而最近，一则名为"大陆房地产商骗贷案"的新闻，在中国留学生里，引起了不小的震动。

然而，大家关注的点，显然不仅仅是"涉案金额数亿""官商相互勾结""远昭房产公司破产"……而是，"小三卷数千万家底潜逃海外"，还有，新闻末尾那一行不太起眼的字，"据悉，远昭房产公司老总付临华可能借以他在加拿大多伦多留学的儿子在海外隐藏资产。"

在我们大学的中国留学生圈里，付寒一直是一个新闻人物，富二代的代表。男生们总是咬牙切齿地讨论着他又买了什么新款的跑车，女生们个个对他的外貌、穿着、家境虎视眈眈。所以，这次的新闻，算是开年的第一个爆炸性新闻。

还有人在网上八卦地搜索出了他父亲在几年前，参加他在国内的某个国际学校的毕业典礼时的照片和讲话，以证实他们的父子关系。

"你知道金融学院的那个付寒吗？他爸最近栽了。"

"当然知道。难怪最近在学校里都看不到他了。不过，这有什么呀，报上写了他爸靠他在海外转移资产，他这里，估计得有个几千万美金。"

"可能还不止吧……"

"好羡慕啊。"

"是啊，真是羡慕嫉妒恨。"

这样价值观扭曲的对话，总是充斥在我的耳边。

但是，每当听到"付寒他爸在他这里留了很多钱"这样的闲言碎语，我却觉得有些庆幸。因为，我很明白，现在付寒很需要钱。对他而言，那些钱不再仅仅意味着可以去高级餐厅吃饭，买最新款的手机，换最新的车……现在，他要用那些钱，去救他的命。

而我也不知道怎么去安慰，甚至是面对付寒了。这个在我们中间活得最无忧无虑的人，他的命运，在短短一个月里，发生了翻天覆地的变化。

只有临安安，这个时候，付寒只接受临安安陪在他身边。在确诊为眼癌之后，医院还要进行一系列更具体的检查来制定治疗方案。每一次，都是临安安陪付寒去医院。我在学校里见到临安安的次数，越来越少了。

　　那一天是星期五下午，难得比较空闲的一天。林承忆约了我和冯晖在高漩工作的酒吧里见面。算是很普通的一次聚会，却因为少了付寒和临安安，气氛变得冷清了许多。

　　酒吧里，很多球迷在看冰球赛，气氛很不错。但是，我却怎么也提不起精神。

　　正在这时，林承忆的手机响了。

　　"是付寒。"林承忆愣了一下，然后，我看到他拿着手机匆忙地走到了酒吧门外，把电话接了起来。

　　不一会儿，他打完电话，回到酒吧里。

　　"付寒怎么了？"我问道。

　　"他妈突然来多伦多了，他现在在医院做检查抽不出身，让我现在去机场接他妈。"林承忆抓起桌上的车钥匙。

　　"那我们和你一起去吧。"我说。

　　"嗯，一起走吧。"林承忆说。然后，他走到吧台边轻轻地抱了抱高漩的肩，叮嘱了几句，便和我们一起离开。


　　车子行驶在机场高速上，不一会儿，就到了皮尔逊机场。

　　在P3出口，我远远地就看到了一个穿着大衣，戴着墨镜的中国女人有些不耐烦地站在门口。她身后大概有三四只大箱子。

　　"你好，请问你是付寒的妈妈吗？我们是他的同学，特地过来接你的。"林承忆走下车。

　　"是啊。"那女人的眼睛抬了一下，"寒寒呢？他在做什么？我大老远从中国飞过来，他都不过来接一下？"她埋怨道。

　　林承忆愣了一下，显然她并不知道付寒的病情。于是只好说："他大概有事在忙吧。阿姨，你先上车吧，我帮你把行李箱拿上车。"

　　付寒妈妈倒没有客气，扔下地上的几只行李箱就打开车门，一屁股就坐在了副驾驶的位子上。

"我刚才站在外面等了二十分钟了！这儿比北京还冷。"车上，付寒妈妈一直在抱怨，"不过，空气倒还是不错。"她侧着头，看着窗外的蓝天白云。

车往付寒湖边的公寓驶去。一路上，在高架桥上可以看到窗外时隐时现的，已经结冰的安大略湖。

付寒还没有回来，我们在楼下保安那里拿了钥匙，先带付寒妈妈上楼。

谁知道，刚一打开付寒家的门，付寒妈妈便一皱眉头："这里这么乱，怎么住啊，我要去住酒店。"

客厅里堆满了装零食的垃圾袋，我走上前，对付寒妈妈说："阿姨你坐了那么久的飞机也累了，要不先坐下来休息一下，我来收拾一下就好了。"

于是，付寒妈极不情愿地坐了下来，冯晖看着我，默默地叹了一口气。

可能是在家里被服侍惯了，付寒妈看到我在客厅里忙来忙去，一点都没有觉得不好意思。她有些焦躁地玩着手机，玩了一会儿后，她似乎有些困了，打了几个哈欠，靠在沙发上，不知不觉地睡着了。

林承忆和冯晖回家了，但是我却不放心，留在那里陪着付寒妈妈。等付寒做完所有的检查回到家，已经是黄昏了。

他扯下脸上的口罩，满脸疲惫地问我："我妈呢？"

"在沙发上睡觉呢，可能时差没有调整过来。"我小声地说。

"噢。今天谢谢你们啦。"他说完，便朝客厅走去。

"妈……"他摇了摇她的身子。

"儿子？"付寒妈睡眼惺忪地支起身子。

"妈，你怎么都不事先说一声就一个人跑多伦多来了啊？"付寒疲惫地问。

付寒妈看着付寒，什么都没说，便"哇"的一声大哭了出来。

　　"你爸的案子前天判下来了，无期徒刑……法院和银行的人上个星期来家里清走了家里所有的财产，家里的几栋房子都被银行收走抵押。你爸之前留的那些字画和古董也被收走了。至于你爸留的那些咱们家的私房钱，早在刚出事的时候，就被那个贱女人拿走了。"付寒妈口中的那个"贱女人"，就是付寒之前和我提过的，他爸一直养着的那个小三。

　　"现在你妈我在国内连个住的地方都没有，我不到加拿大来找你，我找谁去？"付寒妈又大哭了起来。

　　"妈，没事……没事……"付寒抱着她的头，强忍着不让自己哭。

　　"我把家里能带走的东西都带来了，你也知道我平时一直都是刷你爸的信用卡，所以，家里根本没有多少现金。所以，我现在一点钱都没有……"付寒妈说着说着又哭了。

　　而我后来才知道，付寒妈口中的那些"家里能带走的东西"，不过是几只名牌包和几件皮草大衣。她没有被加拿大海关扣下这些东西已经算是万幸。


　　付寒家是一室一厅。晚上，付寒让他妈妈睡在里面的卧室，自己则在客厅里的沙发上睡。

　　"你以后就一直睡客厅？"我有些忧心忡忡地问付寒，他比谁都需要好好休息。

　　"那有什么办法。"付寒无奈地笑了笑，"如果让我妈睡客厅，她会发疯的。"

　　"难道就这样一直瞒下去？"

　　"唉，肯定要告诉她的，只是，再过阵子吧。今天我去医院，医生说有两个治疗方案，一个是化疗，还有一个就是动手术。把眼球剖开，然后把里面的肿瘤切除。"付寒说。

　　"把眼球剖开？"我听得有些毛骨悚然，但我不敢直接问他。

　　但他似乎却挺坦然："放心，路遥。不一定会瞎的。医生说我的情况现在还可以，以后视力还是有可能会恢复的。而且，这里的医疗水平那么先进。是吧？"

"那就好……"我点点头。

其实我心里很明白，付寒刚才的那个"是吧"，并不是在问我，而是在给自己打气。

或许，这就是我们的无能为力，我们永远无法预测生活会有多糟糕，当我们身处困境，当我们隐隐约约地觉得，我们已经吃够了苦难，当我们觉得一切都将要变得好起来的时候，生活总是在这个时候再给你重重的一击，好像在和我们开玩笑，好像我们真的击不垮。

但我们，总有被击垮的一天的。

我又重新回到了薛宅工作。我总是看到薛子逸带不同的女生回家。有时在早晨还可以看到女生明目张胆地穿着睡衣在薛家走来走去。薛先生的生意很忙，这些日子一直在国内，所以薛子逸的行为才越来越出格。

但我对这些统统视而不见，因为也不关我的事。每一次去薛家，我都只是埋头做自己的工作，然后做完就回家。

有一次，当我准备回家的时候，他叫住了我。

"嘿，过来吃点水果再走呀。"他跷着二郎腿坐在客厅里，拿着叉子吃着被切好的苹果。

"不了，我要回家写功课了。"我说。

"Asian Geek（注：亚洲怪物，通常为白人形容只知道读书的亚洲人。）。"他说。

"你也不照照自己看看自己的肤色，你就是根bad banana（注：形容性格怪异的在国外长大的中国人。）。"我反驳道。

他却不生气，又做了一个招牌的摊手手势。

我不理他，径直走到花园里，关门离去。


自从付寒生病之后，临安安也像是变了一个人。她变得比之前敏感，也更容易沉默。

课堂上，我发现她不知不觉地就走神了，眼睛盯着黑板，但却神情涣散，一脸心事重重的样子。

我用手肘轻轻地碰碰她，她一愣，然后揉揉眼睛，重新听老师讲课。

虽然付寒妈妈来了多伦多，但是根本不能指望她能照顾付寒。所以，一下课，临安安通常就往付寒家里赶。

在国内，付寒妈妈是连超市都不会去的千金太太。来了多伦多，虽然家里的情况和以前已截然不同，但是，她还是秉持着自己一贯的作风。她对钱没有概念，甚至连加元和人民币的汇率都不知道。她去公寓楼下的高级超市，没有买柴米油盐，但买了一大袋五美金一个的从牙买加空运来的高级甜橙。

她自然也不会做饭。每次临安安去付寒家，都会从学校附近的餐馆打包些饭菜去。可她却吃几口便说太咸了，不想吃了。

她还以为自己生活在那空中楼阁里，有着无限额的信用卡和一家子听她说了算的女佣。她似乎一点都没有意识到，自己是在遥远的加拿大，马上要过上去中国城的廉价超市买菜的生活。


而当付寒妈把自己辛辛苦苦带来的便当扔到垃圾桶里的时候，临安安也没有说什么。我明白她是那种据理力争，甚至有些得理不饶人的人。从某一点上来看，她也有那种有钱人身上所谓的傲气，对于自己觉得不对的地方，她一定会第一时间跳出来说。而她现在，却变得像我一样，学会了忍。

日子就这样一天又一天地过去，我们都各有各的疲惫。


那天傍晚，冯晖背着琴出现在我的教室门口。

"怎么了？今天不练琴？"我把桌上的书本塞进背包，然后小跑了过去。看到他，我总是开心的。

"嗯，特地来找你吃饭。"他站在夕阳里，暖洋洋地说。

"这么好？去哪儿吃呀？"我拉了拉他的手。

"林承忆家。他正在楼下等着呢。"冯晖笑着说。

我走到走廊上，往楼下一看，他的车正停在下面。林承忆看到我，朝我挥了挥手。

林承忆住在市中心西区那片安静的townhouse里，房子有三层，一楼是客厅，二楼是书房，三楼的阁楼最小，他却用来做卧室。

刚一进门，我就被客厅里那一桌子丰盛的菜给吓到了。

"你从哪里叫的外卖？"我惊讶地问道。

"拜托，都是我做的好吗？我都忙活了一个下午了。"林承忆指了指客厅里边那个杂乱的厨房。

"还真看不出来啊。"我啧啧赞叹道。

"好了，客厅电视柜下有游戏机，你们先自己玩，我去接一下高漩啊。等她来了我们就可以开饭喽。"他晃了晃手里的车钥匙，然后走出了门。

林承忆刚走不久，我就对冯晖说："我想去下洗手间。"

"在二楼。"他指了指楼上。

"嗯。"我往二楼走去，走到一半，却不由得一愣，冯晖怎么知道在二楼？莫非之前就来过？但我没有多想，走进了洗手间。

过了几分钟，当我从洗手间里出来，我隐约听到了三楼有窸窸窣窣的声音。我有些好奇，于是轻手轻脚地走了上去。

我站在楼梯上，隐约看到了冯晖的身影。

他在林承忆的卧室里做什么呢？我有些纳闷。但是，我并没有叫他，而是站在楼梯口，好奇地往里面看着。

我看到冯晖站在衣橱门口，用手拨动着里面的大衣，不仅如此，还时不时地把手伸进大衣的口袋，似乎在找什么。接着，他又蹲下来，轻轻地拉开了床头柜里的抽屉，有些紧张地在里面翻动着。

"冯晖？"我还是忍不住喊了他一声。

他猛地一抬头："你怎么上来了？"他的神色有些紧张。

"你在这儿做什么呢？"我愣愣地问他。

"那个……上次我住院的保险单还在林承忆这里，我就上来找一下。"他挠挠头，佯装轻松地说。

"噢。"我的心里不是很舒服，一个人偷偷地走进别人的房间，还翻箱倒柜的，这还真不像是冯晖会做出来的事情。

"还是下楼，等林承忆回来了再说吧。"我有些不开心地说。

"嗯。"他站起身，跟我一起下楼。

——他看到了，那个小玻璃罐和两片黄色的药片，正静静地躺在林承忆的床头柜抽屉里。只要他一伸手，就可以把它拿回来。

"还愣着干吗？"我走到他面前，"一起下楼吧，林承忆快回来了。"我说。

透过缝隙，他瞥了一眼里面的药片，然后站起身，和我一起走下楼。

之后的聚餐，我都显得有些闷闷不乐。餐桌上，我看着冯晖，他的心情似乎没有什么变化，依旧是以前那副安静的模样。我暗自叹了一口气，或许是因为最近发生的事情，让我神经紧绷了太久。或许真的是我自己想太多了。

周六的早晨，照例去薛宅做钟点工。一夜的大雪终于在黎明来临的时候停息，被白雪覆盖的玫瑰谷显得更加优雅和静谧。刚走到薛宅的铁门门口，我就看到王太吃力地拿着扫帚在门口扫雪。于是，赶紧过去拿起铲子帮她。

"唉，都三月份了，还下那么大的雪。"我把雪往院子的两边铲。

"这算什么，通常四月份还会下大雪呢。"王太舒展了一下胳膊。

"对了，下周六要麻烦你多工作一个晚上了。"王太突然说。

"为什么？"我问道。

"子逸过生日，要在家里开派对。"王太说。

"我不行，学习太忙。朋友也遇到了点事，需要帮忙，实在抽不出身来。"我婉言拒绝。

"唉，你就当帮帮我吧，我一个人实在忙不过来。那个，薪水加倍。好吗？"她的眼神带着一丝祈求，"帮个忙吧……"

我明白她的难处，薛家柴米油盐的事情都是她一个人打点。而我这个人，最懦弱的一点就是不会拒绝别人。

"好吧。"我叹了一口气，点了点头。


薛子逸的生日派对，宛如高级酒店里的晚宴。那天下午，就有酒店送来专门预订的茶点和酒水。我和王太一起把那些精致的甜点小心翼翼地放在铺满精致桌布的长桌上。然后把餐具一样一样地摆放整齐。光是杯子就有三四种，红酒杯、马提尼杯、香槟杯、雪莉杯……

"晚上大概会有多少人来？"我问王太。

"大概会有几十个人，去年那次，我和家里的印尼用人收拾到凌晨三点才收拾完。"王太说。

"真是劳民伤财啊。"我无奈地叹了口气。

"没办法，只要子逸开心，就好。"王太笑了笑。

我突然想起班里的几个同学，过生日只是在中国餐馆吃一顿饭。再看看眼前精致的一切，玫瑰谷的豪宅，高级定制的甜点，名贵的红酒……人和人天生的差距，难道还不够让人绝望吗？

我忍不住自嘲道。

"王太，让路遥上楼来帮我烫一下衬衫。"薛子逸突然出现在二楼的走廊上。

"噢。"王太应声道，然后挥了挥手，示意我上去。

我有些不情愿地上楼。

"就这件。"我刚走进薛子逸的房间，他就把一件白色衬衫从衣柜里拿出来，然后扔到床上。

"知道了。"我应付道，然后拿起衬衫，走进了更衣间。

十分钟后，他走进了更衣间。"烫好了吗？"他问。

"嗯，好了。"我把熨斗放在一旁，把衬衫递给他。

"我试一下。"然后，他边说边当着我的面，把睡衣脱了下来。他结实的身材在我面前袒露无遗，我不由得低了低头，而他却极其坦然地拿过我手里的衬衫，然后对着镜子穿了起来。

我依旧低着头，虽然我承认自己偷偷地瞄了他几眼。

气氛在更衣室狭小又密闭的空间里变得有些暧昧——虽然我并不想承认。

"喂，你在想什么呢？"他瞥了一眼有些拘谨的我。

"什么想什么……"我有些支支吾吾地辩驳道。

薛子逸什么都没说，只是邪邪地笑了笑，然后走出了更衣间。

我站在原地，脸唰地一下就红了。像是被他莫名地羞辱了一番，又害羞又懊恼。

晚上七点，薛子逸的朋友就陆陆续续地来了，大多数都是老外，难得看到几个亚洲面孔，也都说着一口流利的加拿大英语。每个人都穿得光鲜亮丽。特别是女生，尽管现在仍是大冬天，但是个个都穿着低胸的高级晚装。薛子逸梳着干净清爽的油头，身着一件贴身的小西装。他正穿梭在人群里，大方地和每个人打招呼，他高高的个头在人群里总是特别显眼。

然而，正在这时，我看到了一张熟悉的面孔。

是杨琳尔，她正和几个女生围在长桌前议论着桌上的甜点。

不知道为什么，我下意识地迅速走进厨房，不想让她看到我。

优雅的背景音乐夹杂着热闹的攀谈声从大厅里传来，而我却缩在厨房里，不想出去。我没偷没抢，我只是在工作，我应该正大光明的，但是，我却像个小偷似的坐在这空荡荡的厨房里。我究竟在怕什么，在躲什么呢？

"路遥，过来，帮我把蛋糕一起推出去。"正在这时，王太推着推车，准备朝大厅走去。

我坐在那里不动。

"愣着干吗啊，我一个人不好推，待会蛋糕都掉地上啦。"王太疑惑地看着我，她并不知道我在想什么。

"噢。"我犹豫了一下，还是走了过去，帮王太打开了厨房的门。

"Birthday cake is coming!"大厅的人群里，突然响起了一片欢呼声。

我低着头，躲在王太身后，不敢抬头看。

三层的生日蛋糕被推到了人群中央，时间像是凝固般停顿了几秒钟，然后，我忐忑地抬起了头。

眼前，杨琳尔精致的脸。

她看到我，先是一愣，然后小声地叫了出来："路遥？"

"嗨……"我有些尴尬地朝她使了一个眼色。

然后，她优雅地走出人群，走到了我面前。

"学长，你怎么都不向大家介绍我的好朋友路遥呢？"她转过身，娇滴滴地对薛子逸说。

"算了，我给大家介绍一下吧。这是和我同一届的同学，路遥。"她用一口流利的英文介绍我，而我站在原地，尴尬地对着一张张陌生的面孔点头。

"对了，路遥，你在这里工作了已经有好几个月了吧？"她突然问我。

"嗯，是的。"我默默地点了点头。

"噢，忘记说了，她一直在这里做用人。"杨琳尔佯装轻松地说。

场面在骤然间沉默了一下，似乎没有人知道该怎么把这个话题接下去。

然后，她凑到我跟前，小声地说："对了，前阵子，我在某个论坛上看到了你的电话号码，那件事情，不会是真的吧？"

我猛地抬起了头。

然后，她笑着说："忘记和你说了，其实你不用怕什么的，因为，妓女在加拿大是合法的。"她的声音不大不小，刚好能让周围的人听到。

我的脸唰地一下变得苍白，额头突然感觉到一片冰凉。手指不受控制地颤抖着，不知道是因为难堪还是愤怒。

我突然什么都明白了。

"路遥，帮我切块蛋糕吧。"她依旧面不改色地对我微笑，"这是你的工作呀。"

我沉了一口气，然后拿起推车上的面包刀，小心翼翼地切了一大块奶油蛋糕，然后轻轻地放到了碟子上。

接着，我端着蛋糕走到她的面前，然后，猛地把盘子里的奶油蛋糕对着她那张妆容精致的脸就盖了下去。

她突然惊叫起来，旁边的人也被眼前的这一幕吓呆了。

盛蛋糕的瓷盘"哐当"一声在地板上摔得粉碎，然后，我看着被满脸奶油弄得面目全非的杨琳尔，不紧不慢地说："从小到大，每当别人要和我争一件东西，我都会选择放手。不是我懦弱，也不是我想放弃。而是因为，我觉得我会拥有更好的。但是，是我的，总归是我的。你夺不走。"

"对了，这个工作我不做了。再见。"我扯下腰上的围裙，往地上一摔，冷冷地对薛子逸说。

所有人都呆呆地杵在那儿，没有人知道为什么会发生眼前的这一切。杨琳尔的眼睫毛被蛋糕抹了下来，她狼狈又呆滞地站在人群里。她应该不会想到，向来逆来顺受的我，也会做出刚才那一幕。

王太在后面叫我，我假装没有听到。我一个人穿着单薄的外衣，朝门外冲去。

入夜后的玫瑰谷，安静得有些吓人，空荡荡的马路上，只有我一个人在寒风中跑着。我跑到附近的公车站，恍恍惚惚地在车站里的长椅上坐了下来。

我的手冰凉，身体也被冻得不住地发抖。

这样的时刻，原本是应该抽泣的。但是，我却格外清醒，心脏咚咚地跳着，好像有一个声音在坚定地告诉我，路遥，你长大了。

是啊，我好像长大了。我长大了。

安静的车站，不知道还会不会有公车来。住在这一区的人们，从来不会坐公共交通工具出门，只有女佣和像我这样的人，才会等在这四面透风的公车站里。原来长大，是你终于对自己有了一个清晰的定位。你终于明白，你在这个世界，这个城市里，充当的是怎样的角色。你终于清楚，其实很多事情，都是与你无关的。

那天晚上回到家之后，我就生病了。一个人裹着被子躺在床上，整个人昏昏沉沉，口很渴，但是连下楼去倒杯水的力气都没有。直到高漩下班回家，发现了在床上病怏怏的我。她从自己的房间里找出一片感冒药，就着热水让我吞下。

"要不要打电话给冯晖？"她用手摸摸我滚烫的额头，有些焦虑地说。

"不用了，只是感冒而已。而且，他刚出院，也需要休息。"我虚弱地回答。

"高漩，你也去休息吧。我没事的。"我朝高漩点了点头，然后躺了下来，用被子裹紧冰冷的身体。

"嗯，你有什么情况就叫我。"高漩还是有些担心。

我朝她点点头。

就在这半睡半醒的状态里，我好像暂时忘却我身在何处。有一种熟悉的错觉，我是躺在我南方的家里。窗外是湿漉漉的空气，门外是妈妈在做饭时发出的乒乒乓乓的声音。一切都是熟悉的。那里没有寒冷的冬天，也没有无穷无尽的大雪。

就这样，迷迷糊糊地，天就亮了。

高漩轻轻地敲响了我房间的门，见我已经醒了，就下楼去给我准备早饭。对于昨天发生的事，我还没有和她说，也不知道怎么说。

就在这时，一阵敲门声从楼下传来。

"路遥，有人找你。"我听到高漩在楼下喊我。

"是谁？"我虚弱地下了床。

楼下，薛子逸站在门口，他看到我，朝我挥了挥手。

"你怎么来了？"我疑惑地下楼，走到了门口。

"那个……"他搓了搓冰冷的手，然后从口袋里拿出一沓现金，"昨天的工资，还没有给你。"

"噢。"我愣了一下，没想到他会亲自送过来。

"昨天的事，没影响到你的生日会吧？"见他一脸客气的样子，我反倒觉得有些不好意思。

"我不在乎。"他淡淡地笑了笑。

　　我也低头笑了笑，不知道该说些什么。时间大概停顿了两三秒，场面瞬间变得有些尴尬起来。他把手插在大衣口袋里，然后说："那我先走了。"

　　"噢，再见。"我朝他挥了挥手。

　　他拉开车门，然后，他突然很认真地问我："你以后真不打算来我家工作了？"

　　"嗯。"我朝他点点头。

　　"随你吧。"他轻声说。如果我没有看错的话，他的脸上居然有些失望。

　　然后，他走进车里，透过车窗朝我挥了挥手，便一踩油门离开了。

　　过了一会儿，我的手机里，突然收到了一条来自薛子逸的短信。之前，他几乎从来没有给我发过短信。

　　只有一个简单的英文单词——"sorry"。

　　我拿着手机，想了很久都不知道该回复什么，于是，只好客套地回复了一个："It's OK（没关系）。"

　　我又想起昨天的事，想起之前论坛事件的真相。我从来没有想到过，自己在经历这些事情之后，心情竟然是如此地平静。除了我自己，或许还有一个更让我觉得悲伤的原因。我的这些，和我的朋友们比起来，根本就不算什么。

　　我突然想起来已经好几天没有和临安安联系了，于是，我拨通了她的号码。


　　付寒下个星期就要做第一次化疗手术了，而付寒妈妈对这些依然毫不知情。电话里，我有些忧心忡忡地问临安安："难道就这样一直隐瞒下去？"她叹了一口气，疲惫地说："迟早是要告诉她的，毕竟是她的儿子。但是，付寒说她妈一定接受不了，而且，说不定又会捅出什么乱子，这样对他的治疗也不好。"

　　"唉，好吧。只能拖一天是一天了。"我叹气。

　　"对了，付寒前天把他的车卖了。所以，如果一定需要用车的话，可以麻烦林承忆吗？只是，我和他不熟，你可以替我先问问高漩吗？"临安安似乎是第一次用这样小心翼翼的语气和我说话。

"好啊，没问题。只是……他为什么要卖车？"我疑惑不解地问。

"因为他的治疗费。"临安安说。

"学生保险不能全部报销吗？还有……"我想问什么，却卡在喉咙里，犹豫了一下，没能问出来。

而临安安却似乎知道我想说什么，她直截了当地说："其实付寒现在根本没有多少钱，他家在国内的所有财产，几乎都被银行和法院收走。他妈妈也是因为在国内一无所有才投奔来加拿大。其实付寒，现在连支付学生保险之外的医药费都有些困难……"

听临安安说完，我哑口无言，面对"钱"这个事，我是帮不上任何忙的。我也万万没有想到，这也会是付寒要面临的问题。

"如果没事的话，我挂电话了。明天早上学校见吧。"临安安的语气里满是疲惫。

"嗯，好的。你好好休息，明天见。"我说。


约克威尔的公寓里，临安安挂下电话。然后，她一个人坐在客厅的沙发上发呆。公寓里拉着窗帘，灯光昏暗。临安安突然抓起旁边的一个靠枕，然后把头埋进靠枕里，呜呜地哭了起来。


那一天，付寒最后一次把车从公寓的地下车库开出来，然后准备前往卖二手车的车行。但是，他却没有直接上高速，而是把车开到了湖边。

深冬季节的安大略湖，早已被冰层和白雪覆盖，从湖边望去，犹如一大片茫茫的白色雪原。几只白色的加拿大雪雁扇着翅膀，在寒空上飞过。

"以后，我就不能开车送你了。"付寒望着车外的安大略湖，对着坐在副驾驶位置上的临安安说。

临安安沉默着不说话。

"安安，你是不是觉得，我这个人对什么事情都特无所谓？我在你眼里，一直是那种没心没肺的人吧，只是，这一次，我真的想好好地治好我的病，我真的特别想活下去。"付寒突然认真地说。

"我真的好想好想活下去……"他突然趴在方向盘上，呜咽地说着。

临安安伸出手，她紧紧地抱着付寒的手臂。

从小到大，对于她来说，只要是她一心想办到的事情，她总会办到。考上好大学，追到喜欢的男生，买到喜欢的包包，她还真的没有失败过。对于治好付寒病的这件事情，她也没有害怕过。她知道她一定可以，因为，她发现自己，真正地开始喜欢上一个人了。所以，不管怎样，她不会让他先离开自己。

"我不会让你死的……"她这样清醒又"自私"地想。

晚上，我照例在房间里学习。突然，从门外传来一阵敲门声。我放下笔去开门，原本以为是高漩，可出现在门外的，居然是阿吉。

"怎么了？"我看到他穿着厚厚的棉衣，一副风尘仆仆的样子。

"路遥，我来和你道个别，我就要走了。"他低了低头。

"走了？你要去哪里？"我问。

"美国。我凑到钱了，今晚就出发。"他的语气里，透着一丝兴奋。

"怎么走得这么急？谁带你去美国？"我有些担心地看着他。

"我和几个老乡一起走，先去温尼伯。到了温尼伯那边，有人会带我们过去。"他的"过去"，指的就是"偷渡越境"。

尽管，他把这一切说得很容易似的，但我还是觉得担心，觉得不靠谱。

"没事的。"他好像察觉到了我的忐忑，反而反过来安慰我。

"对了，我走以后，如果有人来问你认不认识我，你一定要说不认识。"他突然一本正经地对我说。

"为什么？"我疑惑不解。

"因为，我不想让你因为我惹任何麻烦。"他的大眼睛认真地看着我。

"好。"我点了点头。

"那我走啦。老乡已经在楼下等我了。到了美国，我给你打电话。我记得你的电话的。"他对我笑了笑。

我们就在那条阴暗狭小的走廊里分别。他似乎没有太多的行李，只背着一个硕大的背包。他下楼之后，我回到房间里，我站在窗口看着阿吉上了那辆普通的面包车。那辆车，不知道要把他带去哪里，真的可以把他带到美国，带到他哥哥身边吗？我觉得一切都是那么危险，那么不可预知。

我一直站在窗口很久很久，直到那辆载着阿吉的面包车消失在我的视线里，我才把窗帘拉上。一切都是那么突如其来，比如，这刹那间的黑暗。比如，你可能再也见不到某个人了。

# Chapter 12

# 第 十 二 章

　　多伦多这个城市，一到了4月，就像复活了般。大街小巷的冰雪开始消融，气温也渐渐升至零上10摄氏度，人们脱下裹了四个多月的羽绒服，迫不及待地换上崭新的春装。似乎没有人会眷恋冬天。

　　新暖催春升，无论这个城市的春天有多短暂，它还是给人太多希望。

　　薛子逸这个家伙又发短信给我，约我在图书馆里见面。我有些忐忑地回复了他的信息，不知道他又要搞什么幺蛾子。

　　下午三点，图书馆二楼的门口，我如期而至。

　　他似乎早就等在那儿了，我看到他穿着运动卫衣，身上背着一只健身包，精神抖擞的样子。

　　"嗨，路遥。"他露出了两排洁白的牙齿，笑着对我打招呼。

　　"怎么了？是不是王太让你来找我？很抱歉，我真的不打算回去做了。"我把该拒绝的话先亮在前面。

　　"不是，是我来找你。"他笑着说，然后，他撇了撇嘴说，"我想请你当我的中文老师。"

　　"中文老师？"我愣了一下。

　　"是呀。我想学中文。"他点了点头，"薪酬嘛，是你之前的两倍。怎么样？"

　　"呃……"我有些犹豫。

　　"哎，这对你来说应该不难吧？"他似乎没有在玩笑。

　　"那……一个星期需要多少时间？"我有些动摇了。

　　"6个小时？反正时间你定，可以在学校，也可以去我家。"他很认真地说。

　　"那我先试试吧。"考虑一下，我点了点头。

　　"太好了。那我们，从明天就开始吧，抓紧时间。"他满是信心地说。

　　"嗯，明天我下午三点就下课了。就在这里见面吧。"我说。

　　他笑着做了一个"OK"的手势，我真搞不懂他为何对学中文那么积极。


　　教薛子逸中文这件事，听起来简单，貌似只要是个中国人都可以做。但是，对于从小到大做事情都一丝不苟——换句话说，不管做什么事情都要上升到"对得起良心"的高度的我来说，这也并不是一件省力的事情。

　　首先，我对教外国人学中文这件事情，没有一点概念。所以，那天晚上回家之后，我就上了专业的中文学习网站，然后下载了几个中文水平的摸底测试准备带去给薛子逸做。然后，根据他的实际水平，来制定他的学习计划。

　　或许是因为薛先生是北方人的缘故，薛子逸不仅会说中文，而且中文口音还挺字正腔圆的。但是，到了"写"和"读"的部分，他简直就是幼儿园水平。在阅读方面，他只能读懂最简单的中文字，例如"饭店""加拿大""店"……这类在多伦多也能随处看到的中文字,稍稍复杂些的,他就读不懂了。至于"写"的部分,他会写的中文字,几乎可以用个位数来计算。这也正常,没有书写规律的汉字对外国人来说本来就是"不可能完成的任务"。

总体说来,他的中文水平和大多数在加拿大长大的中国人差不多,只会"说",不会"读"和"写"。

"你为什么想学中文?"看到他微微皱着眉头看着我给他打印的教材的时候,我忍不住有些好奇地问。

"因为我是中国人呀。"他说。

"不,你是加拿大人。"我说。

他突然放下笔,认真地看着我:"你看看我的头发、眼睛、皮肤,颜色和你是一样的。"

"那又怎样?你拿的是加拿大护照,所以你是加拿大人。"我辩解道。

"不。"他摇摇头,"我是在中国出生的,一个人生在哪里,就流着哪里的血,就是哪里人。"他用一口不太流利的中文,一本正经地对我说。

"好吧。"我撇撇嘴,"想不到你还挺爱国的。"

"呵呵。"他低着头笑笑。

日子就这样一天一天过去,但是,总会有一些新的事情发生的。或者说,总归有一些新的事情,在朝好的方向发生。

这个春天,临安安陪着付寒,开始了第一次化疗。甲氨蝶呤,一种在淋巴瘤中广泛使用的毒素开始注射进付寒的眼眶周围。然而,在杀死癌细胞的同时,也杀死了健康完好的细胞。临安安告诉我,付寒在第一次化疗之后的反应比之前预想的要大,一直吐,头晕目眩,连眼睛都睁不开。

为了节省费用,付寒没有选择住院,只是定期去医院化疗。

"他妈妈还不知道他的病?"电话里,我问临安安。

“是的，能瞒一天是一天吧。唉……”临安安的语气，有着从未有过的疲惫。

只是，纸终归是包不住火的。那天付寒做完化疗回到家，付寒妈正坐在客厅里看DVD。来加拿大之后，她就每天靠在中国城买的盗版电视剧来打发时间。

“寒寒，我想吃蟹粉豆腐。”她躺在客厅的沙发上，对着房间里的付寒喊。她总是想一出是一出，比如昨天突然想吃火龙果，前天就又想吃粤菜。

刚做完化疗的付寒，虚弱地躺在床上休息，他的眼睛都疼得睁不开了。

“寒寒，你听到没？”付寒妈扯着嗓子再喊了一声。

“妈，今天你自己弄些东西吃吧，我身体不舒服……”他在房间里虚弱地喊。

“你是要饿死你妈是不是！”客厅里，付寒妈用脚踢着沙发旁边的茶几，无理取闹地喊道。

付寒叹了一口气。然后，他从口袋里摸索出手机，努力地眯着眼睛，在通话记录里找到了临安安的电话号码，然后回拨了过去。

“安安，你可以去中国餐馆打包几个菜送到我家吗？”他没好意思点名要蟹粉豆腐。

“噢，你现在怎么样了？还在吐吗？”临安安有些焦急地问。

“我还好，不过我妈正饿着肚子呢。”付寒无奈地笑笑。

“你先好好休息，我尽快到。”临安安说完便挂断了电话。

半个小时后，临安安拎着一大袋外卖敲响了付寒公寓的门。付寒妈以为是外卖来了，迫不及待地去开门，当看到是临安安的时候，脸立马沉了下来。

“怎么总是见到你？”付寒妈瞥了临安安一眼，“别以为是我儿子的女朋友就可以自动上门上户了。”她冷嘲热讽道。

临安安也是那种得理不饶人的个性，但是，她沉了一口气，然后走进了付寒的房间，没有和付寒妈说话。

房间里一片昏暗，付寒看到临安安来了，有些吃力地支起身子。

付寒妈在外面拆着外卖袋，过了一会儿，她在客厅里喊道："怎么没有蟹黄豆腐？！"

"妈……你就将就吃吧……"付寒在房间里虚弱地说。

"你现在都这个样子了，你妈还没有看出什么来？"临安安一愣。

"呵呵，我以前在家也是这个死样子，一回家就宅在房间里。她大概习惯了吧。"付寒的嘴唇干得发白。

"不行，我今天非吃到蟹黄豆腐不可，我要的又不是什么燕窝鱼翅！"付寒妈又开始无理取闹起来了。

临安安实在忍无可忍，她走到客厅里，看着有些歇斯底里的付寒妈，冷冷地说了句："他是你亲生的儿子么？"

"你什么意思？"付寒妈愣住了，不由得抬起了头。

临安安转身回到房间里，抓起桌子上的病例，然后把病例"啪"地按在了客厅的桌子上。

"这是什么东西？"上面全是英文字，付寒妈自然是什么都看不懂。

"这是你儿子的病例，上面写着你儿子得的病。眼，癌。"临安安的眼睛里都是红红的血丝。

付寒妈抓起桌子上的病例，然后冲到付寒房间里。

"寒寒，她说的，是真的吗？"她的声音在颤抖。

付寒靠在床上，他没有出声。

"你倒是说话啊！她说的，是不是真的！"

"妈，你让我清净一会儿行吗，我今天刚做了化疗……"付寒皱皱眉头，然后用被子蒙住半张脸。此刻头部的剧痛，伴着微微地作呕感，让他实在没有精力再去解释什么。

付寒妈的脸顿时变得惨白，她转过身，默默地离开了付寒的房间，整个人如同行尸走肉般的回到客厅里。

"滚……你给我滚出去！"她指着临安安，歇斯底里地喊道。

临安安拎起地上的背包，然后关门而去。

但是，她并没有走向电梯间，而是靠在公寓外的走廊上。她用手撑着额头，整个身体像是泄气般慢慢地蹲了下来。

公寓里，也是如同走廊上那般的死气沉沉，付寒妈瘫软地坐在餐桌旁，她突然变得安静下来，她苍白的嘴唇微微颤抖着，但是一个字都说出来。

多伦多这个城市，一旦进入了春天，整个城市就像被扔进了雨水里。一连好几个星期，都飘着绵绵细雨。整个世界，似乎只剩下唰唰的雨声。

同一个空间里，临安安蹲在公寓外面的走廊上，付寒妈站在客厅里，付寒躺在房间里。

他们谁都没有再发出声音。逼仄潮湿的空间里，只有雨声。

那个周末，当我带着厚厚的资料来到薛宅准备教薛子逸中文，我意外地看到了薛先生，我已经有好一阵子没有见到他了。而他这一次回来，是因为薛家发生了大事，薛子逸决定放弃去斯坦福大学进修的机会，决定回到中国去。

"昨天子逸说了这件事，薛先生大怒，从昨晚到现在，气得一口饭都没有咽下去。"王太叹气。

"为什么？去中国不好吗？"我问。

"我们中国人漂洋过海出来，就没有再回去的道理。小卒子过河，没有回头路的，只能硬着头皮朝前走。"王太说。

"难道留在国外就算成功了？多少人一辈子生活在chinatown，拿着政府的补助金过活，所谓的三等公民，不过如此。"我不解。

"当然不是。首先要有洋文凭，找份洋工作，买个洋房。最好再有个洋老婆，再添个洋娃子。这样才算成功。我不知道你们这代是怎么想的，反正在我们这辈分的人，就是这么以为的。"王太振振有词。

"薛先生就是吃了没有洋文凭的苦，到了国外，还是得和中国人做生意，还是套在中国人的圈里。他把所有的希望都寄托在子逸身上，这孩子虽然顽皮，但是也争气，拿到了斯坦福研究所的通知书。斯坦福哎！这文凭何止给薛家镀了一层金，简直是光宗耀祖。可现在，他却说要回到中国去……"王太直叹气，可见她是站在薛先生这边的。

我上楼，走到二楼书房门口，敲了敲门，薛子逸坐在写字台前等我。

"原来你是准备回到中国去。"我放下资料，想起之前他那样积极地找我补习中文，我有些恍然大悟。

"嗯。"他点点头。

"已经决定了？"我问。

"是的。"他说。

"回去做什么？"

"开公司。"

"哪里开公司不行，非得跑回国？"

"中国人只有在中国做事，才能真正地扬眉吐气，做出来的东西，才是真正属于中国的。"他平静地说。

"我之前玩股票，赚了些钱。这次回国，不会拿我爸一分钱。"他继续说。

我突然有些感动，我忽然想起在加拿大遇见的很多中国留学生，他们热衷讨论中国的负面新闻，貌似是在谈论国家大事。但是，他们的语气，分明是有些幸灾乐祸的。他们的优越感，无非只有现在生活在国外，呼吸着PM2.5是个位数的空气。有的时候，我真为他们的这种卑微的优越感而感到悲哀。相比那些人，我不禁对薛子逸肃然起敬。

"我们开始学习吧。"我看了看薛子逸认真的眼神，然后打开了资料。

他看着我递给他的资料，依旧是那副微微皱着眉头的认真模样。

给薛子逸补习完，离开薛宅的时候，经过别墅旁的花园，无意撞见薛先生。他一个人在花园里抽烟。

"薛先生……"看到他，我有些尴尬。他应该知道我是来给薛子逸补习中文的。

"你好，路遥。"他的态度一如往常地谦和，似乎并没有太在意我给薛子逸补习中文这件事，"觉得闷，就出来抽抽烟。"他笑笑说。

"因为薛子逸的事？"我不由得问道。但是，刚问出口，便觉得自己有些失礼了。别人家的事，自己多余掺和做什么。

"嗯。有时，我真不明白子逸这孩子在想什么。这孩子还是太天真，太自私，一点都不顾着家里人的感受，总按着自己的想法去做事。"薛先生满面愁云。

"其实，我倒不觉得这是天真或自私。"我忍不住辩解道。

"噢？怎么说？"薛先生突然抬起头，看着我。

"薛先生，先和你说个事儿吧。前几天，我的一个白人同学告诉我，这个学期读完，她就准备暂时休学了。问她为何，才知道是因为没有足够的钱和生活费继续念书，所以，决定先去服装店打工一两年攒些钱。她是本地人，要知道，本地人的学费，只是像我这样留学生的三分之一啊。对她们来说，也不算什么巨款吧。于是我问她，你父母不给你钱吗？她回答，她父母根本就不在乎她有没有在读书，也不可能给她学费。我问她，那借可以吗？她回答，父母不一定会借给自己，索性就自己赚。"

"她父母太糊涂，这是害了她，在服装店打工，能有什么长进？只是浪费时间。"薛先生忍不住打断我。

　　"是的，起初我也是这么觉得的。"我点点头，然后继续说，"但是，又一想，这或许就是我们中国人和西方人教育模式的不一样吧。西人总是放纵自己的孩子去生活，这在我们中国人看来，或许有点不负责任。但是，恰恰是这种自由，让他们的孩子可以去选择自己想要的生活方式去生活。相反我们华人，总是把自己的意愿强加到下一代身上，希望下一代活成自己想要的那个样子。却没有想到，这或许根本就不是他想要的人生。很多人物质上过得富裕，精神上却一直都不是自由的。薛子逸成绩优异，又聪明，他想去中国发展，绝对不会是意气用事，一定也是考量过种种的。薛先生，你相信他能考上斯坦福，却为什么不相信他现在的决定呢？"我说。

　　薛先生听完愣了愣，他把已经熄灭的烟蒂扔到垃圾桶里，然后对我笑了笑："路遥，你这孩子，比我之前想的还聪明。"

　　"也是因为出国了才想到这些。"我有些不好意思。

　　"其实，我挺羡慕薛子逸的。至少，他有为自己的人生做决定的果断和勇气。　相反，我就懦弱多了。"

　　"你的意思是说，你在活成你父母想要的那个样子？"薛先生笑着问我。

　　"是的，早点嫁人才是正经事。"我自嘲道。

　　他大笑。


　　我们两个人，居然在花园里相谈甚欢。天色渐渐晚了，我告别薛先生，离开薛宅，一个人朝附近的公车站走去。

　　人越长大，遇见的人和事越多，就越发会思考，自己究竟要活成什么样的人。有的人，想不顾一切地爱一回。有的人，心比天高。有的人，只想赚更多的钱。而有的人，一辈子都在努力变成自己爸妈想要的那个样子。这或许就是我了，但是，我仔细地想过，这究竟有什么不好的呢？成为父母想要的那个我，平凡，健康，究竟有什么不好的呢？而我本身，也或许就是这样的人吧。

　　落日的余晖下，我一个人静静地想着。

回去的公车上，我坐在公车最后一排的位子上。掏出手机，给冯晖打电话。我已经好几天没有和他见面了。

"喂，路遥么？"电话接通了，但是，却不是冯晖的声音，而是林承忆。

"林承忆？"我一愣，然后问，"冯晖呢？"

"哦，他在洗澡。"林承忆漫不经心地说。

"你们……你们到底在做什么！"我对着电话里喊。

"哈哈……"林承忆笑了，"逗你玩的，他在我家玩，刚刚出门去便利店买饮料了。要不要等他回来让他打给你？他应该马上回来了。"

"哦，不用了。没什么事。"我说。

"你不要吃醋哦。"林承忆笑着说。

"你们自己好自为之！"我故作生气的语气。

挂完电话之后，我却一个人傻傻地笑了。和冯晖认识那么久以来，从来没听说过他有什么朋友，就连一般同学之间的聚会，他也几乎从来不去。除了和我相处，他向来都是独来独往。但是，自从上次的滑雪事故之后，他和林承忆似乎变得比以前要熟络很多。这在我看来，是件好事，因为，他似乎比以前快乐了些。


林承忆刚挂下电话不久，他就听到了屋外冯晖的声音，他在叫自己的名字。

他打开门，看到冯晖拎着一个塑料袋站在门外，他指了指湖边的方向，然后说："看，樱花飞起来了哎。"

西区的湖岸，种满了樱花树，眼下正是樱花盛开的季节。在春天姗姗来迟的多伦多，樱花往往要到4月份才能盛开。

夕阳下，安大略湖边的大风把樱花吹到半空中，密密麻麻的花瓣在半空中打转。两个少年，他们彼此沉浸在眼前美好到幻灭的风吹雪中，他们各自有各自的故事。

晚餐只是简单的比萨、烤翅加啤酒。他们两个人坐在地板上，靠着沙发边喝边聊。

"冯晖，你是真的喜欢路遥吗？"林承忆似乎有些醉了。

冯晖停顿了一下，"是真的喜欢。"他淡淡地说。

"那你对高漩呢？"冯晖问。

"我不知道。"林承忆笑着摇摇头。

"啊？"冯晖一愣。

"喜欢怎样，不喜欢又怎样。除了自己，其他人，都是过客。人这一辈子，注定孤独。"林承忆说话的语气，依旧是那么漫不经心的，好像什么都不在乎。

"也不一定……"冯晖低了低头。

"总之，等你结婚的时候，别忘了请我啊。你可是我为数不多靠谱的朋友。"林承忆点了一支烟。

"什么叫作靠谱的朋友？"冯晖笑笑。

"你和我之前的那些朋友都不一样，你有未来。"林承忆抽了一口烟。

冯晖不说话了，他想说什么，可是不能说。他盯着电视机，屏幕上正播放着新一季的冰球联赛。

"你错了，其实我比你们任何一个人，都没有未来。"他边想，边一口气喝光了剩下的半罐啤酒。

他们就这样边喝边聊，不知不觉天色已晚。冯晖躺在客厅的地板上，屏幕上仍旧在播着冰球赛，可他却似乎已经睡着了。

"冯晖？"林承忆叫了他几声，却没有听到回应。

"这家伙……"林承忆叹了口气，然后关掉了电视机，把桌子上的垃圾收进垃圾桶。

他似乎也有点困了，他低下身，准备把冯晖摇醒，让他睡到沙发上去。

然而，当他弯下腰的那一刻，他的身子突然停住了。他慢慢地躺了下来，然后，他伸出手，轻轻地将冯晖搂住。他的脸越靠越近，都快要贴到冯晖的脖子上了。

"冯晖……"他轻轻地叫着他的名字，冯晖依旧在睡梦中。

他将自己的身体再贴近了一些，然后，就这样抱着冯晖不知不觉地睡着了。

林承忆均匀的呼吸声在冯晖耳边起伏着，冯晖缓缓地睁开了眼睛，但他没有动，也什么都没有说。他就这样，继续睡了过去。

整个4月末，都在一场又一场的期末考试中度过。又一个学期结束了。加拿大的学期制仿效英国，暑假一直从4月底到9月初，有整整四个月的时间。话虽这么说，可是似乎谁都没有想停下来的意思，一部分想早点毕业的人马不停蹄地开始了夏季的课程，另外一部分人开始去各种公司实习，为毕业后的就业打基础。暑假，对于这所全球排名前二十名的大学学生来说，是和"玩"扯不上关系的。

很多衣食无忧的留学生，在4月末就开始陆陆续续地回国。而我却选择留下来上夏季的课程。一方面想多学点，早点毕业。另一方面，还是考虑到昂贵的暑期回国机票，而待在多伦多，就算什么都不做，每天还是要支出大笔的固定开销，所以，还不如抓紧时间在学校学习。

冯晖继续留在学校练琴，夏天是各个晚会和商业活动的活跃期。很多音乐系的学生，利用这个机会参加商业演出赚钱。而北美的各大乐团，也会在这个时候，招募新的团员。只是冯晖，依旧是一副"没什么期待"的表情，他不像其他学生一样热衷参加各种各样的面试，或者接一些商业演出。大多数时间，他只是安静地在琴房里练琴。

高漩也从酒吧的临时工转为了全职工，听说她除了这份工作，又去大卖场兼职当导购员。来了多伦多之后，她从没有问她在蒙特利尔的母亲拿过一分钱。她必须利用这四个月多打工赚钱，才能继续读下去。

而临安安，因为付寒的原因，她没有和我一起上夏季课程。

自从付寒妈知道了付寒的病情之后，她的情绪一直不稳定，经常半夜三更的就在家里哭。她的情绪也影响了付寒的治疗。期末考试结束后，我去付寒家看过他几次，这个以前总是天真地和我开各种无聊玩笑的男生，变得沉默了许多。

我依然在给薛子逸补习中文，虽然刚开始只是抱着试试看的心情，但是，现在，我却格外珍惜这份工作，不仅是因为这份工作的薪水，支付了我绝大部分在多伦多的生活费用。更因为，薛子逸学得很认真。我布置给他的练习，他都能很认真地完成。在没有了解到薛子逸这个人之前，我一直以为，他能上这所大学，不过是因为他是本地人。而现在，看到他这样一丝不苟的态度，我感叹，原来成功还真的是没有捷径的。

于是，我从网上找来各种学习资料，想方设法地想把枯燥地中文学习变得有趣易懂一些。

他每天都照着字帖练习中文字，看着他一本正经犹如小学生般一笔一画地写着中文字的样子，我总是忍不住想笑。

我总是约在学校图书馆给他辅导，一方面，学校离我们各自的住处都很近。另一方面，自从我辞了工作之后，对王太一直挺愧疚。不知道她有没有找到人来帮她打理家里大大小小的事务。

那天，我和薛子逸一起从图书馆里走出来，迎面走过来一个穿着黑色丝袜的高挑女孩，定睛一看，居然是杨琳尔。

自从上次的事件之后，这个人就像是从我和冯晖的世界里消失了般。不过，这也正是我期望的。

但是，意外撞见她，我还是觉得有些尴尬，而且是和薛子逸一起。

杨琳尔的表情愣了一下，她与我四目相接，想刻意回避我已经来不及了。

正当我不知道该怎么办的时候，薛子逸伸出手，装作若无其事的样子搂了搂了我的肩，然后问我："下一次辅导可以是星期三晚上吗？"

"嗯，可以的……"我有些支支吾吾地说。

我们就在这样的对话里，与杨琳尔擦肩而过。

他的车停在路边，他打开车门，然后问我："要送你一程么？"

"不用了，我还有些事。"我摆摆手。

"嗯，bye。"他大方地朝我挥挥手，然后坐进了车里。

我一个人走在去往电车站的小路上，回想刚才的那一幕，他肯定也看到杨琳尔了，但是，他什么都没有说，他就用这样一种自然的方式帮我解围。我明白，他相信的是我。

回到家，家里冷冷清清的。自从阿吉离开之后，楼下便一直没有租客。不过，精明的房东说马上就会有人搬进来。我没多问什么，我对新的室友并不感兴趣，我只是想知道，阿吉现在究竟在哪里。只是，没有人会告诉我答案。

直到那天，几个加拿大警察敲响了我家的大门。

他们拿着一张皱巴巴的纸，然后指着上面的人像，问我："小姐，上面的这个男人，之前是住在你这栋房子里吗？"

我愣住了，纸上那张稚气未脱的脸，是阿吉。

"嗯，是的。"我点点头，"发生什么了？"我突然有些紧张。

"几个月前，他和几个中国人想偷渡去美国。其他的几个人都在边境被捕了，只有他逃了出去。"大胡子警察说。

"所以，他现在在哪里？"我沉了一口气。

"他死了。死在美加边境，应该是找不到路，就被冻死了。一整个冬天都埋在雪地里，直到前几天雪化了才有人发现了他的尸体。"

我惊呆了，傻傻地看着那张纸，说不出话来。

"我们想问你的是，你认识他吗？之前和他有接触吗？知道他的背景吗？"

我的眼泪在眼眶里打转，一时间说不出任何话来。

我深呼吸了一口气，然后说："不认识。"

"那你为什么哭？"一个警察明显怀疑了。

"警察先生，就算是陌生人，我们毕竟也在这个屋子里一起住了大半年了。我只是一个普通留学生，在加拿大，没有几个朝夕相处的人。"我擦了擦眼泪。

"这倒是，毕竟是之前每天都会见面的人，现在却遇不到了。"年轻的那个警察点了点头。

"抱歉，打扰了。之后有什么问题，我们可能还会过来打扰您。"警察合上那张皱巴巴的纸，然后和我告别。

"没问题。"我轻轻地关上了门。


当听到警车启动的声音的时候，我才发现，我的手心里都是冷汗。我突然觉得一阵晕眩，赶紧走到餐桌旁边的凳子上坐了下来。无意间，我看到了那条通往地下室的阴暗楼梯，我忽然想起了以前我放学回家，当阿吉听到上面有声响的时候，就会从地下室里走上来，他每次见我，总是有那么一丝羞涩的，但是，他却似乎挺愿意和我说话。我忽然想起了那个坐在屋子前抽烟，迫不及待地想长大的他。那个带我去教堂，挤在人群里为我祈祷的他。那个在茫茫冬夜，对我说 "如果以后别人问你认不认识我，一定要说我不认识。"的他。那个笨笨的，为了找他哥哥在中国城的餐馆里拼死拼活工作的他。他没能走出美加边境那片荒无人烟的雪原。他永远留在了那个冬天里。

上帝没能拯救他，又或者，上帝已经救了他。

亲爱的阿吉，愿你已自由。

是这样的，我们的人生，我们的故事，就是在这一场又一场仓促的告别中走向结局的。

整个夏天，付寒都在医院和家之间来回奔波。反复的化疗让他显得比之前更疲惫。他明显比之前消瘦了很多，更可怕的是，他开始掉头发。他轻描淡写地告诉我，有的时候只是轻轻地挠挠头皮，就会扯下一大团头发。

付寒妈似乎也变了，之前的她，活脱脱一个盛气凌人的富太太。接二连三突如其来的打击似乎也让她收起了她的锋芒。江山易改本性难移，但她依然帮不了付寒什么忙，相反，还要付寒每天惦记着她的衣食起居。有时，她一个人出门，也不去哪里，只是一个人在公寓楼下的花园里坐着，往往一坐就是一个下午，整个人变得神神道道。除了待在家里，她完全不能适应在加拿大的生活。那年夏天，她决定回国。

这对于她和付寒而言，似乎都是最好的选择。


而对于临安安和付寒也要离开多伦多这件事，却完全在我的意料之外。

"我去打听过了，温哥华有所专门治疗癌症的医院很不错，我想付寒去那所医院治疗会更好些。"那天下午，她难得有空和我在学校附近的咖啡馆见面。

"你真的决定了吗？为什么这次这么仓促。"我觉得无力，好像告别真的只是几句话的事。

"真的决定了。不光是因为付寒的病。我们都想先离开多伦多生活一段日子，我们在这里，活得太累了。"临安安满是疲惫。

"去了温哥华，日子还是一样过，病还是一样治，哪里不都是一样的吗？而且在多伦多，你们至少还有我们这些朋友。"对于做事一向理智的临安安，这次我真的不理解。

"路遥。"她突然打断了我的话，"你知道吗？我后来又在学校看到丹尼尔了，还有他的那些朋友，每次看到他们，我都觉得又像是经历了一场噩梦。或许，离开这里，对我和付寒都好。我们都需要一次假装的重新开始。"

我不再说话了。

"还有一个原因，我只告诉你一个人。"她突然说。

"嗯，我绝对保密。"我说。

"付寒已经把他的房子卖了，他在多伦多已经没有住的地方了，所以，去哪里都一样。下个月就交房。之后会暂住到我那里，直到我们去温哥华。"

"卖房？！为了他的病？"我惊讶地问。

临安安摇了摇头。

"他拿卖房子的钱给他妈办了一个信托基金，以后，每个月银行都会固定往他妈妈的账户里打一笔钱，期限是三十年，直到这笔钱打完为止。而他自己，一分钱都没有留下。"临安安说。

"付寒他……"我惊讶得说不出话来。

"他说，他必须让他妈妈活下去。我们之前都错怪他了，他比谁都有责任感。特别是我，一想到以前的我是怎么看待他的，我真替自己觉得羞耻。"临安安的眼睛红红的。

那天下午，我们坐在那家旧咖啡馆靠窗户的位置旁，那是我们在多伦多最后一次的促膝长谈。我很清楚地明白，以后这样的机会，可能没有了。而且，或许也不会再有一个人，像临安安这样，对我敞开心扉，对我毫无防备。

于我也是。

8月底，临安安办理了转学手续，她转学到了温哥华的一所大学。我们就此不再是同学少年。


很快就到了9月，每年的9月，都是这个城市、这个学校最有活力的时候。又有一大批国际学生，漂洋过海，带着他们最好的青春来到这座曾经被称为"约克"的北美大都会。

那一张张稚气未脱，有些羞涩，又对未来充满野心和希望的脸，多像曾经的我们。

天气也开始凉了起来，已经有人开始穿起长袖了。夏天，对于这座北方城市来说，好像真的只是一瞬间的事。

# Chapter 13

# 第 十 三 章

临安安和付寒离开多伦多的日子已经定了下来，12月8日的飞机，多伦多飞往温哥华。

我问临安安："为什么不过完圣诞节之后再去？"她淡淡地笑了笑，回答我："节日现在对我和付寒来说，有那么重要么？"

她的话让我有些黯然神伤，往日里，临安安一直是我们中间对节日热情最大的一个，无论是圣诞节，还是加拿大本土的一些小节日，她都会拿出百分百的热情去对待。

秋高气爽的下午，我约了临安安一起陪付寒去医院，因为我很清楚，以后估计会有很长一段时间看不到这个家伙了。

我们三个人坐在医院走廊上冷冰冰的长椅上，气氛却不冷淡。付寒今天气色不错，似乎也很高兴我可以陪他一起来医院。他依旧是像以前那样开着玩笑。

"天气好像又要冷起来了哎，不过听说温哥华不会有那么长的冬天。"他对要去的新城市还是有憧憬的。

"是呀。冬天很少下雪，气候温和。是个好地方。"我说。

"听说很多美女。"付寒凑到我耳边，小声地对我说。

"你小心被临安安听到。"我瞪了他一眼。

"只是说说嘛，我可是很专一的。"他扬了扬头。看着他一脸俏皮的样子，我真希望他的病只是虚惊一场。

最新的报告出来了，付寒的化疗效果不是很理想。癌细胞只是得到了暂时的控制，但是，各个数据都显示随时有扩散的可能。他的视力也越来越差，我能明显感觉到，当他下楼的时候，面对脚下的台阶，他都会有些迟疑。有的时候，看到他呆呆地坐在一旁，眼神涣散，精神也很难集中的样子。

或许，去温哥华对他来说真的是件好事。至少，可以告诉他和我们，一切似乎，都可以重新开始。

不知不觉就到了11月，加拿大的部分地区，已经开始下雪。冬天对于这片北国大地来说，来得太早太早。

因为付寒和临安安下个月就要去温哥华，加上我们又都有一个三天的小长假。林承忆就提议，我们再一起出去旅行一次。考虑到付寒的身体原因，这次出行还是林承忆开车自驾游。地点，选择了我们很多人都没有去过的魁北克城。

出发的那天，艳阳高照。我们像上次去蓝山一样，每个人都是兴致勃勃的样子，我们似乎都刻意不提，这可能是我们几个人最后的一次旅行。

多伦多到魁北克城，至少要八个小时的车程，但是，我们一路走走停停，却也并不觉得无聊。只是辛苦了林承忆，全程都是他当司机。

身在多伦多大都市，你可能没办法体会到加拿大的地广人稀。但是，一出多伦多市，行驶在全世界最宽的407高速路上，你就会体会到加拿大这片土地的辽阔与广袤。

那蓝天无边无际，高速公路的两旁，看不到一栋高楼大厦。有的时候，出了高速，行驶在一般的公路上，沿途经过一些小镇，便能体会到什么叫作真正的世外桃源。

那些小镇几乎只有几条马路而已，设施却一应俱全，咖啡店、餐厅、图书馆、诊所……在这些人口只有几千，甚至只有几百的小镇里看不到公寓，每个人都住在独栋的大房子里，有些房子的后院便是一个湖。我可以想象到远离都市喧嚣的加拿大小镇生活，会是何等的无忧无虑，每天与日月星辰作伴。深秋季节，绚烂的红枫铺满回家的路。

中午，我们在小镇的餐厅里就餐，老板幽默又热情，似乎对我们的身份很好奇，在多伦多华人遍地，而在这里，却很少见到亚洲人。吃完，我们就继续上路，一路往北。我们打算在天黑前抵达魁北克。


马路旁的招牌渐渐变成了法语，我们的车开始进入魁北克省。

我无意瞥见关于蒙特利尔旅游的广告牌，于是，我问高漩："你多久没回家了？"

"你有多久没回国，我就有多久没回蒙特利尔了。"高漩笑笑说。

"不想你妈妈？"我问。

高漩想了想，然后对我摇摇头。

我不问了，对于高漩和她妈妈的关系，并不是几句话可以说得清楚的。


车越开越北，刚经过蒙特利尔，就开始下起茫茫大雪。那是那年冬天我们经历的第一场大雪。

高速公路的路况在大雪下变得有些艰难，我望着窗外，大雪已经把一切覆盖，两边都是一望无际的茫茫雪原。很难想象，两个小时前，窗外还是一片绚烂的深秋实景，现在却是这番深冬模样。

那段公路，车辆稀少，要开很久，才会有车与我们经过。而行驶在那段北国公路上，似乎会让人忘记时间，忘记自己此刻身处何地，因为，无论开多久，窗外的景象都是一样的，都是一片无边无际的茫茫雪原。

那段旅途，不知道为什么，车上的我们，格外安静。

当我们抵达魁北克老城，天色已经入夜。路的两旁堆满了厚厚的积雪，这里似乎在几天前就已经开始下雪了。只是此刻夜色宁静，雪已经停息。

我们找到了之前预订的旅店安顿下来，然后迫不及待地带着饥饿的胃，走出酒店觅食。

走在魁北克老城的街道上，恍如已经不在北美大陆，而是在某个欧洲小城。

老城里几乎没有一栋现代化的建筑，到处都散发着富有历史感的迷人气息。听说大多数年轻人都选择去蒙特利尔、多伦多这样的大都市，居住在老城里的，大多数是老人。路上，有穿着黑色大衣，头戴黑色毡帽的老先生，在昏黄的路灯下抽烟，一切都充满着厚重感的宁静。

我们在有百年历史的老餐厅里吃晚餐，吃完饭，大家似乎都挺兴奋，谁都没有想回酒店休息的意思。于是，我们一行人又兴致勃勃地准备夜游魁北克。

虽然魁北克已经入冬，但是，气温却还算温和，并没有到严寒的地步。深夜的街道上，只有很少行人，仿佛整座老城只有我们几个游客。

无意间经过一个大教堂，透过虚掩的大门，看到里面站满了正在做礼拜的信徒。我们有些好奇地停了下来。

　　牧师正在做着法语的祷告，我们站在人群的末尾，虽然什么都听不懂，但是也和其他信徒一样，安静地聆听着。

　　当做完礼拜，这个安静小城的夜空突然燃放起了烟火。原来是因为魁北克人为了庆祝即将到来的圣诞节，在每年圣诞节前夕都会燃放新年烟火。

　　教堂外面的广场上，人们站在被装点一新的火树银花之间，仰着头看着头顶这一片灿烂无瑕的烟火。

　　人群里，付寒始终牵着临安安的手，一直都没有松开。临安安凑近付寒，她看到无数绚烂的火光绽放在付寒的瞳孔里。

　　"嘿，付寒。"她突然说。

　　"怎么了？"付寒低了低头。

　　"等你病好了，我们就结婚吧。"临安安在他的耳边轻声说。

　　付寒愣住了，他没有说话。

　　"我想给你生个孩子，我只想给你一个人生孩子。"

　　喧闹的人群里，我们谁也没有注意到付寒此刻正热泪盈眶。

　　差不多两个小时就可以把整座城走遍。夜游完老城之后，我们回到了酒店。

　　我和冯晖的房间是一个标准间，有两张床。

　　房间里，我还在收拾东西的时候，冯晖就把包和衣服往另一张床上一扔。我看到，愣了一下。然后，他随口说了句："这床挺大，一张床够睡了。这张床就拿来放东西。"我的脸顿时红了，我明白了他的意思，但是，我什么都没有说。

　　深夜，我洗完澡，一走出浴室，我便看到冯晖赤裸着上半身，他靠在床上，直愣愣地看着我。

"……干吗这样看着我？"我突然觉得很不好意思。

"我看我女朋友，天经地义。"他笑着说。

我有些忐忑，或者说紧张地走到床边，然后躺进了被子里。

他靠过来，伸出手把我搂在了他的怀里，我可以感觉到他温热的体温。我也乖乖地把头埋在他的怀里。

然后，他闭着眼睛，缓缓地低下头亲吻我。

我们吻了很久很久，然后，他温柔地问我："你准备好了吗？"

我看着他深情的眼神，然后点了点头。

那晚，在魁北克古老的酒店里，我也像很多女生一样，发生，或者完成了人生的第一次。我很难描述那是一种怎样的感觉，我只知道，如果你是真心喜欢一个人，在那一切发生的时候，你会有一种奋不顾身的感觉，好像这个世界只剩下你们两个人，你也可以义无反顾地去接受，去热爱。在某一瞬间，我好像是可以什么都放弃的。

最热烈的时刻，他凑在我的耳边，喘着粗气对我说："任何时候，都不要怀疑，我是真的喜欢你，好吗？"

我没有说话，我吻他，疯狂地吻他。

在魁北克的那两个晚上，我时常在睡梦中迷迷糊糊地醒来，半梦半醒之间，听到旁边冯晖安静的呼吸声。月光洒在窗台上，窗外北国冬日的夜依旧宁静又深邃。而眼前的这个男人，如同窗外的世界一样，安静地在我的生命里存在着。

从魁北克旅行回来之后，我就帮着临安安收拾东西，开始帮她做各种离开多伦多的准备。她有整个柜台的高跟鞋和满满一橱的衣服，只是，除了一些生活必需品，这些，她都不准备带走。聪明的她在学校的论坛上PO出了转卖二手高跟鞋和名牌时装的帖子，立刻吸引了很多女生的注意力。有很多女生结伴去她的公寓买走她的高跟鞋和衣服，每一个走进她在约克威尔的公寓的人，都像是之前的我一样，惊讶，羡慕，又带着一点点小小的嫉妒。而她们也同样好奇，为什么这个精致的女生要卖掉她所有的衣服和鞋子，她究竟为什么这么做？只是，所有人都觉得，这一定是她太有钱了，所以，可以什么都不要。

或许，只有我真正地明白，临安安真正不需要的东西是什么。

那年多伦多的冬天刚刚来临的时候，临安安退掉了位于约克威尔的公寓，和付寒一起踏上了飞往温哥华的班机。她们两个人的全部行李，也只有两个普通尺寸的行李箱而已。他们想从这座城市里带走的，太少太少。

然后，在那班飞机飞往温暖的温哥华的同时，一场二十年难遇的冰雨，伴随着北方来的寒流，突如其来地降临在了多伦多。

从南方沿海小城来的我，并不清楚冰雨的威力。从天而降的雨水，因为过低的地面温度，在瞬间就结成了冰，晶莹剔透的冰雨封冻住了这个城市的一切，整个多伦多，就犹如一个巨大的水晶宫。然而，灾难也随之而来，沉重的冰柱压垮了树枝，也随之把路边的电线压断。一时间，多伦多的大部分地区，都陷入了停电的状态。这其中，包括了我和高漩住的那片社区。

此时已经入冬，没有电，意味着房子里就没有暖气，这在加拿大的冬天是一件非常可怕的事情。很多市民前往各大商场去取暖。

然而，值得庆幸的是，林承忆和冯晖家，是多伦多少数没有停电的地区之一。林承忆一大早就开车来到我家，他是来接高漩的。而我的手机没有电，所以，我一直没有联系上冯晖。我有些尴尬地站在那儿，不知道该怎么办。

"路遥，还愣着干吗，快上车。冯晖命令我来接你的。"林承忆对我挥挥手。

"噢。"我赶紧裹上羽绒服，逃离出这个大冰窟窿。

冯晖果然是一直惦记着我的，他打不通我的手机，就知道我家停电了。于是，就麻烦林承忆来接我去他家。想到这些，我的心里觉得暖暖的。

　　林承忆把我送到东约克冯晖家的时候，他刚起床，一脸迷迷糊糊的样子。

　　他从抽屉里掏出一块手机电池，然后丢给我说："这应该能配上你手机的型号吧？快装上，我必须要随时都能打通你的电话，你就是我的小狗。"他走过来，用手指温柔地刮了刮我的鼻子。

　　"亲爱的，你先坐一下，我先去洗澡。"他拎起一条浴巾。

　　"嗯。"我乖乖地点点头。然后把手机电池装进了自己的手机里。

　　我在他的床上躺了下来，把头靠在他的枕头上。他的床单，有着和他身上一样的味道，那种淡淡的，干净的香味。

　　我无所事事地环顾着这个房间，一切都是简简单单的，没有多余的家具，地上没有任何垃圾，柜子里的衣服挂得整整齐齐，书桌上也只有一盏台灯，外加几本英文书，仅此而已。这个房间，并没多少生活气息，好像房间的主人，从来没有赋予过它任何感情。

　　他的床头柜是简单的隔层设计，无意间，我瞥见有一沓资料杂乱地堆在下面的那一层。我若无其事地把那叠资料拿了出来，并没有什么好奇的意思，只是单纯出于强迫症想把它们叠整齐再放回去。

　　我以为只是一些英文学习资料而已，但是，无意间瞥见几个中文字，吸引了我的注意。

　　我轻轻地翻开了那沓资料，首先映入眼帘的，是一张冯晖的个人简历。我饶有兴趣地看了起来，除了一些个人的基本信息，我惊讶地看到高中学校那一栏，填写的是：南京金陵中学。而我和他第一次见面的时候，他明明说和我是校友。

　　接着，林承忆的照片突然出现在我的视线中。

　　我惊讶地发现，那张纸上，除了他的照片，还有几乎他所有的信息。包括他的个人资料，他读的学校，甚至他的公寓地址。

然而，接下来让我看到的，更加让我目瞪口呆。那沓资料里，居然还有我的详细资料。

正在我疑惑又惊恐地思考着冯晖为什么要搜集这些资料的时候，接下来看到的内容，让我渐渐知道了那个可怕的答案。

那是几张报纸的复印件，上面篇幅并不大的几则报道上，都在叙述着同一件事情——

道森集团和朝阳集团共同涉嫌跨国走私，经法院和公安部门的多方调查取证，判处朝阳集团董事长冯朝华死刑，并没收全部财产。道森集团的董事长林道森因涉案情节较轻，被处以罚款一百万人民币。

一个是死刑，一个是罚款。这中间的原因和纠葛我并不清楚。我也并不知道林道森和冯朝华是谁。只是，不知道为什么，我隐隐约约地把他们和林承忆冯晖联系了起来。

然而，接下来看到的更加让我触目惊心。

那是一张简单的草稿纸，上面只有寥寥几个字——"林""毒品""心脏病""die"……这些简单却又让人惊心动魄的词，就犹如一次又一次的杀人计划。

所有的事实，都越来越接近我心里那个可怕的猜测。

而之前那些大大小小的疑团，在此刻，都在我心里被血淋淋地串了起来。


门突然被打开了，冯晖洗完澡回到了卧室里。

"宝贝，在做什么呢？"他用浴巾擦着湿漉漉的头发，然后问道。

我缓缓地抬起头，面色惨白地看着他，什么都没说。

他愣了一下，然后看到了我手上的那沓资料。

"你在看什么！"他突然扔下浴巾，冲到我面前。

"冯朝华，被判死刑的那个，是你爸爸吧？"我看着他紧张的眼睛。

他站在我面前，低着头，不说话。

"林承忆之前因为藏毒进了警局，也是因为你吧？"我继续问道。

他还是不说话。

然后，他突然冷笑了一下，然后，他走到写字台前，拉开抽屉拿出一包烟和打火机，然后靠在窗边点了一根烟。

"你不是都看到了吗？"烟雾缭绕之间，他冷冷地说。

那是我第一次看到他抽烟，就短短几分钟的时间里，他像是换了一个人，现在的他，变得冷漠又可怕。

我把那沓资料甩在床上，然后拎起衣服和背包，冲到门口。

"你去哪里？"他问我。

"我去找林承忆，把所有的真相都告诉他。"我的眼泪毫无防备地掉了下来。

"很好。这一切结束在你手里，我心甘情愿，无怨无悔。"他也热泪盈眶地看着我。

"你真的太可怕了……"我摇着头，嘴唇不住地颤抖着，"所以，你是为了接近林承忆才来认识我的？"

"不，我没有。"冯晖咬着嘴唇摇着头。

"骗子。"我看着他，冷冷地说。

"你以为我想变成现在这个样子？你以为我想吗？"他突然变得歇斯底里。

我不再想面对他，他的一切在现在的我看来都是那么面目可憎，我打开门，然后摔门而去。

被冰雨袭击后的街道狼狈不堪，街边的树被压得东倒西歪。我踩在那些锋利的树枝里，不知道该往哪里走。

好像真的到了世界末日，这个城市像是变成了无人之境，寒冷，无助，没有火光。

我像是彻底被击垮了，我没有力气去找林承忆。我回到自己家，那个黑暗寒冷的小屋子里。

室温已经下降到能哈出水汽的地步，我裹在被子里，黏糊糊的眼泪已经挂满了脸。往日的一幕幕像快帧电影般在我脑海里闪过。我想起第一次在游轮上见到冯晖，他羞涩又风度翩翩的样子。想起第一次和他出去约会，第一次被表白，第一次仓促地接吻，第一次不顾一切地紧紧和他拥抱……太多太多美好的第一次，我以为我是幸运的。只是，这所有的，都是谎言。我只不过是被他利用的一个工具。我是一个彻头彻尾的傻瓜。

从很小的时候开始，如果我遇到了什么不开心的事情的时候，我都只是一个人躺在床上，然后睡一觉。似乎这样那些伤痕就会自动治愈。这一次，我也一样，整个下午，我都把自己裹在薄薄的棉被里。我没有打电话给任何人，这个时刻，我是不需要倾诉的，有些东西对于我来说，只能自己消化。

直到傍晚，当黄昏的最后一丝光线即将消失在这片北国大地的时候，我迷迷糊糊地听到了一阵敲门声。

我爬了起来，拉开窗帘，往楼下一看，是冯晖。

我不会给他开门，也不会和他说话。他最好从我的生命里立马消失。

过了一会儿，那敲门声没有了，我的手机里，收到了一条冯晖发来的短信。

"路遥，你下楼，我知道你在。"

我默默地删除了那条信息，连同他的电话号码。

"我等你。"过了一会儿，他的信息又发了过来。只是，现在已经变成了一个陌生的电话号码。

我索性按了关机键，然后把手机扔到抽屉里。

黑夜来了，因为没有电，这个房子，连同整条街道都像是被丢进了末日里。除了睡觉，我无事可做。半夜，当我迷迷糊糊醒来，凑到窗前，发现外面又飘起了鹅毛大雪。而往楼下一看，一个套着羽绒服，黑乎乎的身影正坐在门口的台阶上。冯晖居然还在。他整个人几乎要变成一个雪人了。

但是，我依旧没有动心，把窗帘拉上继续睡。

他肯定会走的，他只是在演戏。他的这些招数骗不了伤痕累累的我了。

天亮了，一夜的风雪也停了。冯晖果然已经走了，我庆幸，庆幸没有心软去开门再去听他的满口谎言。

我精神恍惚地下楼去厨房煮早餐，无意间，我发现客厅的门缝里，塞着一张纸条，上面是冯晖的笔迹。

"路遥，我走了。请原谅我对你，对林承忆做的一切。如果没法原谅，那就希望你永远忘记我吧。但是，从头到尾，我都没有后悔来到多伦多。开始，是因为父亲。而现在，是因为你，因为你们。只可惜我没有资格再继续拥有这一切。这里是我在波士顿的地址，如果你已经告诉林承忆并报警了，那么请告诉他们，他们可以通过这个地址来找到我。冯晖。"

我泪流满面地读完了他留下来的字条，不知道为什么，我发了疯似的冲到楼上，抓起外衣，然后夺门而出。因为停电，街上连电车都停了，从我家到东约克冯晖家，大概三公里路，我顶着寒风，连走带跑的到了他住的那栋屋子。

屋子里的其他几个留学生给我开门，我走到了他的房间门口，他房间的门是敞开的，里面的一些家具和台灯都在，只是衣柜里的衣服空空如也。

"你来找冯晖？他今天一大早天都没亮就来收拾东西，好像已经搬走了。"他的一个室友走了过来。

我愣愣地看着这个空荡荡的房间，他就这么走了，走得那么绝望。

"也不知道他为什么走得那么急，真是的。"他室友说。

"他这个人不是一直都是这么奇奇怪怪的嘛。"旁边有人帮衬说。

"你是他女朋友吗？"又有人过来问。

"不好意思，打扰了。"我没有回答他的问题，只是摆摆手，然后就告别了。

　　我一个人走在回家的路上，一个小时的路，我恍恍惚惚地，好像走了一整个下午。

　　回到家，手机上有七八个林承忆的未接来电。不知道他有什么事，虽然觉得很疲惫，但我还是回拨了过去。

　　"喂。"电话很快就被接了起来，"路遥，打你和冯晖的电话，怎么都不接？还以为你们出意外了，吓死我了。"林承忆有些着急地说。

　　我握着手机，不知道该怎么说。

　　"高漩去超市买菜了，晚上来我家吃饭呀。"他热情地说。

　　"不了。冯晖走了，我也很累。"我疲惫地说。

　　"走了？去哪里？"林承忆问道。

　　"他回美国了，永远不回来了。"

　　"路遥，你没开玩笑吧？到底发生什么事了？你们吵架了？"林承忆百思不得其解。

　　"没有吵架，就是这样，他回去了，永远不会回来了。我没开玩笑，再见。"我说完便挂断了电话，然后一个人倒在床上，用枕头蒙住脸，莫名地开始抽泣了起来。我到底在伤心什么呢？明明那么信誓旦旦地说要他离开我的世界，明明那么恨他，明明自以为已经看清了他，所以，我到底在难过什么呢？

　　我不懂他，也不懂我自己。

　　意料之中，林承忆很快便开车来到我家，凭他的性格，他是一定要问个究竟的。但是，明明之前我说要去揭发冯晖，可现在，我却没有勇气说出事情的真相，我真的太懦弱了。

"我已经说了，他回波士顿了，以后再也不会回来。"我把林承忆挡在家门口。

"你们到底为什么吵架？他什么时候变得那么幼稚了？"林承忆质问我。

"我今天已经去了他家了，什么东西都搬走了，他是真的走了，不是要脾气，也没有在开玩笑。就是走了，你不要再问我为什么，就当他这个人死了吧。"我冷冷地说。

"路遥，你他妈的什么意思！还是你在瞒着什么事情？"林承忆的情绪突然变得激动了起来。

我不想再和他说下去，把门使劲往外一推。

林承忆立马用手挡了过来，门"啪"的一声砸在了他的手上。

"你和那个学中文男生之间的事情，被冯晖知道了是不是？你瞒着他做了不要脸的事情对不对？"林承忆突然恶狠狠地看着我。

我惊呆了，我简直不敢相信他说的话，我气得直发抖，颤抖着嘴唇不知道该说什么。


"你等一下。"我努力让自己平静下来，然后走到餐桌前，在报纸上撕下一角，然后从口袋里掏出了冯晖留给我的那张纸条，把他的地址抄了下来。

然后，我走到门口，把那个地址用力地扔到林承忆的脸上。

"这上面是他现在的地址，你自己找他去问问清楚，到底是谁在做伤天害理的事情！"

我把门狠狠地一摔，把林承忆挡在门外。


那天晚上，高漩给我打了一整夜的电话。而我的手机调成了静音，塞在抽屉里，一点都没听到。

直到早上，高漩从林承忆家赶了回来。电不知道在什么时候已经通了，她看着昏暗灯光下憔悴的我，把我紧紧地搂在怀里。

她不问我什么，因为她了解我，如果我想说什么，不需要她问，一定会自己告诉她。

"没事的，林承忆今天一早就去波士顿了，他会把冯晖带回来的。"她安慰着我。

我愣住了，原来林承忆真的去找冯晖了。

我哑口无言。

"高漩……你现在还能联系到林承忆吗？"我颤抖地问她。

"应该已经出境了，他的手机好像在美国不能用。怎么了？"高漩看着我。

"不能让他一个人，我要和他一起去。"我有些万念俱灰。

"为什么？"高漩抓住我的肩，直勾勾地看着我。

——无论我们的人生里背负了多少，但总有那么几个时刻，让我们疲倦或者安全地觉得，我们可以把那些东西卸下来，把那些秘密、往事、罪孽与某个人分享。

一年前，也是在这个旧屋子里，高漩在我面前逐一摊开她的往事。然而，现在，在我觉得自己有些溃不成军的时候，高漩是我唯一可以倾诉的人。

我把关于冯晖的事，全部都告诉了她。

"路遥，如果我现在有力气，一定一个巴掌扇死你。"高漩听完，红着眼睛告诉我。

"对不起……我真的不知道他会那么快就一个人去找冯晖。"我已经哭得不能自己。

"如果林承忆出了什么事，罪魁祸首不是冯晖，而是你。是你把他往绝境上逼啊。你告诉我，你到底为什么要这么做？！就因为他说你和别人有一腿，你就这样让他去美国送死？！你就是个自私的恶魔！"高漩发疯似的摇着我的肩。

我什么都说不出口，任凭她对着我大喊。

"对不起……对不起……"我是个废物，我只会说这些，也只能说这些。

就在林承忆走的那一天，又一场暴风雪降临了这个城市。那场雪足足下了两天两夜，学校也因此停课了。高漩顶着大雪去办美国签证，最快最贵的加急，也需要三天的时间。那三天，即使我和她的距离仅仅只隔着一道墙，她也没有和我说过一句话。

我们都很清楚一个可怕的事实，这三天，林承忆没有再联系过我们。

我尝试着用种种原因说服自己，比如手机在美国不能用，比如去其他地方了，比如已经在回来的路上了……然而，在这个信息发达的年代，一个人就算在北极，也可以打通他想打的电话。

我究竟还有什么立场来为自己开脱。

那个雪夜，我的手机响了起来，我紧张地接了起来。

"小老师，你在家吗？"电话里，是薛子逸一如往常俏皮的声音。

"嗯。怎么了？"我无精打采的。

"噢，那我来你家找你吧。"他说。

"为什么？今天我太累了，不能帮你补习。"我拒绝道。

"不是，是想来和你道个别。我明天的飞机，飞北京。"他笑着说。

"这么快就走了？"我惊讶地问。

"是呀。今年得一个人在中国过年喽。"他说。

"噢，好吧。"我揉了揉肿胀的眼睛，疲惫地说。

半个小时后，他穿着一件灰色的大衣，出现在我家门口。

"我们可以出去走走吗？我不太想待在家里。"我有些恳求地看着他。

"没问题。走吧。"他做了一个手势。

外面是茫茫大雪，不知道为什么，他就这样不假思索地答应了我的请求。

我和他两个人就这样深一步浅一步地踩在雪地里，不一会儿，我们就走到了约克公园。公园教堂昏黄色的灯光是这一片迷蒙大雪里唯一的一丝温暖，我们不知不觉地就往公园里面走去。

"路遥，你毕业了会留在这里吗？"他的睫毛上都沾着片片雪花。

"不知道。"我摇摇头，未来对于我来说，太遥远。

"哦，如果你回国，记得来看看我啊。或者，我来看看你也行。"他呼出的热气凝结成水汽，像一阵渺茫的雾，萦绕在我们的对话里。

我的身体被冻得瑟瑟发抖，他只穿着大衣，肯定比我更冷。

但是，我们就这样继续走，直到从公园里面绕了出来，他停下了脚步，然后过来轻轻地搂了我一下。

"那我走啦。你保重。"他在我耳边，轻轻地说。

"嗯，你走吧。"不知道为什么，我的眼泪一下子就流了下来，夹杂着这两天的委屈、惶恐，还有面对分离的无助。

"再见。"我低着头，然后转过身，我不想让薛子逸看到我哭的样子。

雪越下越大，好像要把这个城市埋没般。

我捂着眼睛，一步一步地踩在雪地里。

迷蒙之中，我好像听到薛子逸在叫我的名字，但不知道为什么，我却不敢停下来。我在雪地里奔跑着，冰冷的雪水渗进我的球鞋里。他似乎停留在原地叫我，但我义无反顾地冲进迷蒙的大雪里，好像很害怕再听到些什么。我忽然想起他的种种，想起他对我说，路遥，你看看我的头发、皮肤和眼睛的颜色，和你是一样的，我们都是一样的人。想起他对我说，一个人生在哪里，就流着哪里的血，就是哪里的人。想起他对我说，路遥，如果你回国，记得来看看我啊，或者，我来看看你……

而现在，他要走了，他就要回到他东方的故乡去。

他们一个个都离开了，好像他们都有归处，唯独我只能停留在原地。

高漩也要离开了，长途巴士，清晨出发，晚上就可以到波士顿。

那天清晨，当我听到她关房门的声音，我还是忍不住，打开了门。

她看到我，依旧什么都不说。我走了过去，轻轻地给了她一个拥抱，她没有推开我。

"高漩，到了波士顿，给我打一个电话。"我说。

她的脚步停住了，然后她转过身看了我一眼，什么都没有说，继续往楼下走去。我们就在这条狭小又昏暗的楼梯里分别，就像我们第一次遇见的时候那样。

他们就这样一个一个，都离开了。而每一个人的告别，似乎都是这样猝不及防，无声无息。

自从临安安离开多伦多之后，我们之间的联系，也变得越来越少。起初还会偶尔打个电话，后来，渐渐的连短信也变少了。似乎她也不愿意多提她在温哥华的生活，又或者，她真的太累了，我也太累了。我们谁也没有再试探过对方的生活。

直到后来，一个来自温哥华的电话号码，在我的手机里响起。

不过，那都是很多个冬天过去后的事了。

# Epilogue

# 终　章

# 很多冬天过去

有一种冬天叫加拿大的冬天，盛大、漫长、决绝。

第一次踏上这片土地的时候，我十九岁。七年过去，当二十六岁的我又回到了这片北国大地的时候，我已经不再是当年那个青涩的留学生，我已经结婚生子。

我们在深夜抵达蒙特利尔，将近半个月的旅行，即将画上终点。长途旅行难免劳累，又加上一路的暴雪天气，丈夫显得有些疲倦。

12月的蒙特利尔早已是冰天雪地，深夜，当安顿好丈夫和孩子之后，我一个人从酒店出来，街上寒风凛冽，但我对这种刺骨的寒冷一点都不陌生，当看到那些两边堆满积雪的街道，深夜依旧营业的Tim hortons咖啡店，还有沿途行色匆匆，穿着Canada Goose羽绒服的人们。我才真实地觉得，我回来了。

我在酒店附近的PEEL地铁站等她，蒙特利尔的地铁有很深的隧道。我站在地铁站门口，一个熟悉的身影渐渐浮现在我的眼前。

"嗨，路遥，好久不见。"高漩走过来，轻轻地拥抱了我一下。

几年未见，她变了发型。剪掉了长发，换成了现在干净利落的短发。她穿着黑色的丝袜，一身单薄的大衣。

"高漩，你不冷么？"我和她拥抱，然后轻轻地拍了拍她的背。

"在加拿大的时候，我们不都这样，看来是你离开太久了。"她笑着说。

我看着自己一身臃肿的羽绒服，然后笑了笑。

"走吧。找个地方坐坐。"她牵了牵我的手。那种熟悉的感觉，似乎又回来了。冰天雪地间，我们用彼此的手取暖。

"你饿了吧？在路上也没吃什么好的吧。"她问我。

"还行。"我说。

我们随意走进了一间安静的餐厅，典型的加拿大风格，深夜的菜单没有太多的选择，我们各自点了一杯啤酒，然后叫了一份牛排和魁北克poutine。

气氛在点完餐的那一刻，突然显得有些尴尬。我们看着彼此，似乎在等着对方打开话题，但是，我们谁都没有先说话。刹那间，我们都笑了。然而，这份尴尬，却并没有让我们觉得陌生。再次遇见她，将我的记忆又拉回到了那年冬天。

那年冬天，高漩一个人前往波士顿去找林承忆。清晨时分出发的长途巴士，抵达波士顿的时候，那个城市已经入夜。整整九个小时的奔波，到了波士顿，她照着我给她的地址，找到了冯晖的公寓。那是一栋位于波士顿音乐学院附近的旧公寓，红色的砖墙面透着二战前建筑典型的历史气息。

几个学生模样的人套着帽衫打开公寓的电子门走了出来，高漩顺着他们走进了公寓。只有七层楼的旧公寓，没有电梯。高漩沿着有些昏暗的楼梯走了上去，楼梯的墙面上，涂满了乱七八糟的涂鸦，可见住在这里的，大多数都是学生。

她走到了冯晖的公寓门牌号前，不知道为什么，她犹豫了一下，没有直接敲门，而是扭转了一下门把手，门居然开了。那是要从里面反锁才能把门锁上的门，很显然，昨天晚上冯晖忘记锁门了。

打开门，是一条光线昏暗的走廊，里面一片寂静。高漩就着里面微弱的光线，走了进去。普通学生公寓的格局，走出走廊，便是房间。

房间里，两个男孩的身体在昏暗的光线里若影若现。

林承忆正在和冯晖深深地拥抱在一起。林承忆的头正深深地贴在冯晖的肩上。

"高漩，其实我一直还没有问过你，当你看到那一幕的时候，你是怎么想的？"我喝了一口啤酒，然后问高漩。若干年后，这些在之前属于禁忌的问题，现在却可以如此坦然地谈起。

高漩笑了笑，然后说："我想的是，我一定要把他带回去。你信么？现在想起来，连我自己都不相信。"

"我信。"昏暗的餐馆里，我看着她的眼睛，轻轻地说。

波士顿，冯晖的公寓旁，是一个昏暗的公园，这里似乎是一个不太安全的地带。深夜，很少有人在这个公园里走过。林承忆套着一件单薄的大衣，从楼上追了下来，然后紧紧抓住了高漩的手。

高漩背着他，然后颤抖着嘴唇问他。

林承忆犹豫了一下，然后，他突然抓住高漩的手，"扑通"一声跪了下来。

"对不起……"他跪在雪地里，像个罪犯一样祈求着高漩。

"你们就是两个魔鬼。"高漩吃力地用手扶了扶额头，她突然觉得一阵晕眩。

"高漩，求求你，当我死了……你就当我死了吧……"他突然歇斯底里地哭

242

了出来。

"当你死了？"高漩转过身，看着眼前这个陌生的男人，"你本来就该死的，你以为你爱上的是什么人？难道他还没有告诉你？真是太可笑了，你估计连死了都还在谎言里……"

漆黑的雪地里，所有的事情都真相大白。

蒙特利尔街边的小餐馆里，我和高漩就这样谈起了往事。这样一场久违的对谈，我和她，等待了那么多年。

"高漩，其实我后来有想过，当初我把冯晖留给我的地址告诉林承忆，是因为我心里一直都有一种潜意识的预感，我预感到冯晖之所以离开多伦多，是因为他不会再去伤害林承忆了。当时的我虽然对他充满着恨和怀疑，但是对于这点，我在内心深处坚信不疑。我连自己都不相信了，但是相信这个。"半杯红酒下肚，我有些微醉了。

"还有一部分原因，是因为我的自私。"我继续说。

"你的自私？"高漩抬起头问我。

"嗯，我自私地觉得，只要林承忆去了波士顿，冯晖就会把真相告诉他。林承忆就会把冯晖带回来，我和冯晖就会和好，我们这些人，都会像以前那样。"

高漩听了突然笑了。

"很幼稚，对不对？"我也笑了。

我们都笑了，但是，谁不希望呢？谁不希望故事的最后，是这样幼稚的结局？人生这回事，我们想弄明白，还太早。

深夜，林承忆一个人游荡在陌生的波士顿，他不想回去，但是，也不知道哪里可以去。他走在通往地铁的地下通道里，几个嬉皮士打扮的黑人好奇地看着这个失魂落魄的亚洲人，带着玩弄的心情过来和林承忆说话。林承忆默默地瞥了他们一眼，然后伸出拳头就给其中一个戴棒球帽的一拳。几个黑人立马跳起来围殴林承忆。林承忆不逃跑，也不反抗，一个人缩着身子躺在地上仍由他们拳打脚踢。

直到远处巡逻的警察听到动静吹着口哨跑来，那群人才收手离开。

"先生，你没事吧？"警察看着这个满身都是伤痕的亚洲人，"要不要叫救护车？"

林承忆迷迷糊糊地睁开眼睛，然后摇了摇头。

他艰难地从地上爬了起来，朝警察摆了摆手，然后一瘸一拐地往地铁站的方向走去。

深夜的最后几班列车，伴随着轰隆隆的铁轨声驶进了站点。只有林承忆一个人坐在地铁站里的长椅上，列车门自动打开了，他还是坐着。他还可以去哪里？他什么地方都不能去。

突然，他像是想到了什么。然后，他哆哆嗦嗦地从大衣的口袋里，拿出了那个小药瓶。不知道为什么，这次来波士顿找冯晖，他就一直随身带着它。药瓶里安静地躺着两片黄色的小药片。冯晖曾经告诉他，吃下去，就可以忘记你想忘记的事。

林承忆最终死在了波士顿冬天寒冷又肮脏的地铁站里，死因是心脏病发。

而冯晖，也在林承忆去世之后，在我的世界里彻底消失了。没有人知道他去了哪里。只是后来，若干年后，当时的我正在焦头烂额地准备毕业论文，我意外地接到了一通我同学的电话。那个女生只是之前和我一起做过一些小组的研究项目，和我并没有太多交集。当时的她正在旧金山旅行，她说，她在旧金山的地铁里，遇见了一个拉大提琴的乞丐。起初没注意，后来仔细一看，虽然胡楂满面，但是像极了冯晖。我问她，你有上前和他说话吗？她很遗憾地说，没有。当时因为赶地铁走得很急，后来又回去看了一次，他已经不在了。

　　那就是我最后一次，也是唯一的一次听闻，可能有关于冯晖的消息。之后就再无其他。

　　"对了，"我突然想到了什么，然后说，"这次来加拿大，我们在多伦多出了意外。我老公开车撞倒了一个在唐人街送外卖的男生。"

　　"哦？没出大事吧？"高漩问。

　　"没什么大碍，只是，我突然觉得，那个男生给我的感觉无比熟悉，他太像冯晖了。"我说。

　　"真的？他真的是冯晖吗？"高漩很惊讶。

　　"他肯定不是冯晖。"我摇摇头，"但是，某一瞬间，我觉得自己都快骗过自己了。我还真的以为他是冯晖了。只是，后来一想，真的不明白自己为什么要这样骗自己。现在和你聊天之后，我知道答案了。"

　　"噢？什么答案？"高漩好奇地问。

　　"这么多年，我觉得，冯晖始终欠我一个结局。我等了那么多年，还是没能等到。"我淡淡地笑了笑。

　　"所以，就当那个男生是冯晖吧，这样和他告别，不是挺好？"高漩了解我。

　　"嗯，是的。"我点点头，然后喝完了杯子里剩的最后一点啤酒。


　　"你现在还和临安安有联系吗？"高漩突然问我。

　　"回国之后，就几乎没有了。"我说，"或许是总觉得，她是我们中间最聪明的一位，她总有办法活得好，比很多人好。"


　　我和临安安最后的一次见面，是在付寒去世两年后，我大学毕业那年。如果当时不是临安安亲口打电话告诉我这个消息，我是绝对不会相信，付寒居然是以这样一种方式离开世界的。

　　尽管，当时的他已经因为化疗而双目失明。尽管，在温哥华的那一年，他几乎每天都需要靠止痛药和镇静剂过活。尽管，临安安告诉我，其实在付寒去世的前两个月，他就已经得了抑郁症。只是，就算有那么多 "尽管"，我仍然说服不了自己，把"自杀"这个词，和付寒联系在一起。

"安安，今天天气是不是很好？我想出去走走。"两年前的那天，十一月的温哥华难得没有下雨。

"嗯，去楼下公园吧。"临安安坐在病床前，正给付寒切着一只橙子。

"总是去公园，都厌了。我虽然看不到，但是还是能感觉得出来的。"付寒说，"我想去天台吹吹风。"他听到窗外的风声了。

"好，先吃了这片橙子再说。"临安安把切成小瓣的橙子凑到付寒嘴边。

付寒摸索着凑上前，轻轻地咬了一口，然后笑了。

医院顶楼的天台，可以看到温哥华美丽的港湾，还有连绵的雪山。只是，对于付寒来说，他什么都看不到。但是，他还是在天台上站了好久。

"安安，你有带手机吗？我想和你拍张照。"付寒突然说。

"手机在楼下呢，下次吧。"临安安说。

"不要，今天天气多好呀。"温哥华的雨季来了，之前的一个星期，付寒的世界里只有哗哗的雨声。

"那你和我一起下楼。"临安安说。

"不用了，我在这里等你。我想一个人待一会儿。"付寒说。

临安安有些犹豫和不放心，但她还是独自下楼去拿手机了。

付寒一个人站在天台上，沙沙的风声，从很远很远的地方传来。那声音在他的世界里是那么清晰，他都能听得出风声的途径，好像从北温的森林刮来，从英吉利海湾刮来，从市中心的高楼大厦间刮来……他摸索着，朝着那风声走去。

他从医院顶楼天台上跳了下来，头插在医院围墙锋利的栏杆上，当场死亡。

两年后，当我再次见到临安安，我觉得，她始终还是以前的那个她。她和我不同的是，她始终不让人察觉她究竟哪里变了，因为，当一个人的伤痕足够深和丑陋，她是不会轻易对别人展示的。

她的公寓在温哥华市中心的耶鲁镇，和多伦多的约克威尔一样，也是高级公寓的住宅区。只是，这里和她在多伦多的公寓不同，从这里望出去，一年里有半年，都可以看到白色的雪山。

她坐在阳台上，优雅地给我沏了一壶茶。她告诉我她最近的生活，已经在某家金融公司实习。我很清楚，能在温哥华找到这样的工作很不容易。而她却总是显得这样从容。

正当我们闲聊的时候，她的手机响了。她拿过来看了看，然后微笑着跑到里面接了起来。隐隐约约间，我没有听到她在说什么，只知道她在讲英文。

"最近的对象？"我半开玩笑似地问她。

"嗯，一个白人律师，一直在追求我，只是我还没有想好，所以还没有答应下来。"临安安笑笑。

"在加拿大有律师或者医生追求，如果错过了，估计要过好几辈子才会再遇到。"我笑着说。

她也笑。很多事情，她肯定比我更懂，更精明。

"对了，路遥，有件东西想送给你。"她边说，边往房间里走。

然后，她居然从房间里拿出一套精美的婚纱，是Vera Wang的设计款，是我十九岁时在她家楼下流连忘返的那一款。

"也不知道合不合你的尺寸，先试试吧。"她走了过来，把这套精美昂贵的婚纱递到我的手中。

我有些不知所措。她轻轻地帮我脱掉上衣，然后把婚纱衬在我的身上比画了起来。

"其他好像都不错，就是下围似乎窄了些。找个懂婚纱的裁缝改一改，应该没有什么问题的。"

十九岁的我第一次看到这套婚纱的时候，总觉得它绝对只是展示品。而现在，临安安说得好像要真的把它穿在我身上似的。

"不，你得留着，你以后也要结婚。"我自知承担不起，赶紧谢绝。

"嗯，我会结婚的。只是，我用不着穿那么好的。但是路遥，你配得起。"她说。

"如果你还当我是个朋友，就收下吧。"她的眼眶渐渐湿润了。

那就是我和她最近的一次见面。后来，在我回国之后，我们各自拥有了完全不一样的生活，也完全扮演着不一样的社会角色。我和她的联系，自然也就减少了。只是，在去年一通简短的越洋电话里，她告诉我她要结婚了。对方就是那个白人律师，对她很好。她很快就要搬到西温的豪宅区去。只是，她告诉我，她不会要孩子。

我也要结婚了。毕业之后，导师和同学都劝我留在加拿大，大学这四年，或许只有我自己才知道我一个人是怎么过来的，天未亮就去图书馆，往往到深夜才回家。在这个国家，努力的人往往都是会有好结果的。还未毕业，我就收到多家大公司的实习邀请，所以，当同学们知道我想回国的时候，大家都表示了不解和惋惜。

父母在，不远游。中国人始终是不能完全为了自己而活的。

而我也心甘情愿继续当这样的中国人。

回国之后，我在家乡镇海的一家贸易公司，找了一份还不错的工作。全公司，只有我一个人有海外留学的经历，所以，老板格外器重我。可能估计连他都不会明白，怎么会有留学生愿意留在这个小地方工作生活呢？而我却格外珍惜，也很享受这样的生活，工作日上班，回到家，就能看到爸妈，还有热腾腾的饭菜。我的人生，有这些，真的就够了。

也是在那个贸易公司，我认识了我现在的丈夫。他在人事部当主管，我刚进公司的时候，他似乎就挺照顾我。后来，几乎连全公司的人都看出来他喜欢我，唯独我假装什么都不知道。他一直生活在这个小地方，大学在宁波读，毕了业就回到镇海。和很多人一样，托着父母的关系找到了这份还不错的工作。这日子，和他的人生一样，虽永远不可能大富大贵，但是也安安稳稳，一切知足。而他是那种很不会追求女生的男生，出国那么多年，见识过各种花招百出的男生，再次遇到了他这样见到我说话都有些结结巴巴的男生，反而觉得有些有趣。但我很清楚，他是一个好人，他要的很简单，只是想找一个陪伴他安稳度日的人。而我，也一样。

年终公司办年会，所有员工在饭店吃年夜饭。吃完了，老板觉得不尽兴，又邀请大家去KTV续趴。我去了，他也去了。KTV的包厢里，大家唱着烂大街的流行歌曲，大家似乎都喝多了，于是开起了他和我的玩笑。几个同事怂恿我和他喝酒，他们把他推到我面前，他举着酒杯，满脸通红，半天才吐出了四个字：不……好意思。

半夜大家从KTV里走出来的时候，才发现，外面已经下起了雪。在这个南方的沿海小城，冬天下雪绝对是件稀罕事。几个同事兴奋地叫了起来，还有人冲到街边拿出手机拍照。唯独我站在原地，看着这稀稀落落的雪花。这对我来说只是寻常事，我就是从冬天回来的。

就在这个时候，他突然出现在我身后，他有些不好意思地说："那个……路遥，可以送你回家吗？"

我转过身，笑着对他说："好呀。"

他一直把车开进小区，把我送到我家的那栋居民楼下。正当我要开车门的时候，他突然轻轻地握住了我的手，像是鼓足了勇气般对我说："路遥，我喜欢你。

南方小城冬日的雪夜，我接受了这个男人朴实的爱情。

我和他交往半年后结婚了，妈妈虽然觉得这个女婿很不错，但是如此快就结婚，她还是有些担心。但是我却没有任何顾虑，因为，这个普通的男人，给了我这些年一直想要的那种踏实感。我的婚礼普普通通，唯一谈得上华丽的，或许就是临安安送给我的那套婚纱。只不过，我没有对任何人说起过这套婚纱的故事。也似乎没有人看得出这套婚纱和从一般婚纱店里的租来的有什么不同之处。

"从今天第一眼看到你，不知道为什么，我就觉得你现在一定过得很幸福。"高漩看着我。

"那你呢？现在有男朋友吗？"我问。

她摇摇头。

然后，她继续说："我的枫叶卡快到期了，可是我不想续了，我想回国。"

"回国？以后都不回来了？"

"嗯，我还是想和我爸过。虽然这几年，我开始渐渐了解我妈。但是，我还是想回去。"她低了低头。

"我懂。"我说。


那天深夜，我们在蒙特利尔的小餐馆门口分别。我们轻轻地拥抱彼此，相视一笑，然后各自踏上归途。只是，我们都很清楚，下次的遇见，不知道是在何年何月了。而实际上，我们和人生中大部分人的相聚，都是如此。

我一个人走在回酒店的路上，雪还是在下。无意间，我路过了一个不大不小的公园，路灯下，雪地上几排深深浅浅的脚印让冬夜里的公园显得更加寂寥。不知道为何，我突然想起了一个人。

那时我刚生完孩子不久，还在家里休产假。傍晚，丈夫从单位里回来，递给我一封信："有人寄挂号信给你，小张帮你签名了，她让我帮你带回来，好像挺重要的。"

"哦？"我有些好奇地接了过来。信封上面有些歪七扭八的字让我觉得有些莫名地熟悉，打开信，我一下子就认出来了，那是薛子逸的字。

不知道他是从哪里得知我单位的地址，我迫不及待地读了起来。

嗨，小老师。还记得我吗？我是薛子逸。你最近好吗？

今年回了多伦多，才知道你已经回国了，可是你一直没有和我联系，你真不够意思啊。不知不觉，我在西安生活了已经快五年了，我的中文也越来越好了。除了空气有些糟糕，我还是很习惯在这里的生活。现在，我的公司也越来越好了。中国政府对海外华侨回国创业很支持，我想，我一定要把公司做好，这样才能鼓励更多的人回国创业。小老师，你认同我的意见吗？对了，我已经开始学用拼音来打中文字了。第一次在电脑里打出中文字，我觉得有些激动。不过，这封信，我还是想手写给你。

不说谎，我总是想起你。想起你以前给我补习时微微皱着眉头看着我的样子。想起你一个人坐在公车站等公车的样子。想起我们在约克公园的分别，那夜那么大的雪。每次想起，仍然会有些难过。可是，我却不知道为什么。

后来，想了很久，觉得应该是，有些想对你说的话，我没能大声地说出口。这点，真的很不像我了。

小老师，我很想念你。*wǒ xǐ huān nǐ*。

我仔细地读着信上的每一个字，他的字还是写得有些歪七扭八的，但是一笔一画写得是那么认真。他还是用着他独特的中英混合的语法。他似乎还是以前的他。而我已经结婚生子，我已经不是从前的我了。

你看这世间，纷纷扰扰，人来人往。没有人知道已经错过了谁，下一秒又会遇见谁。我们的人生故事太多，结局太少。错过如何，遇见又如何。只是，时间终会告诉你，谁的心里，曾经有你这么一个人。

夕阳下，我默默地把薛子逸的信小心翼翼地折好塞回信封，泪如雨下。

全文完

2014年3月30日 于加拿大多伦多

出版社／长江文艺出版社
出品／上海最世文化发展有限公司
官方网站／www.zuibook.com
平台支持／最小说 ZUI Factor

# 约克公园

ZUI Book

CAST

作者／陈晨

出品人／郭敬明
选题出品／金丽红 黎波
项目统筹／阿亮 痕痕
责任编辑／赵萌
助理编辑／孙鹤
特约编辑／卡卡
责任印制／张志杰

装帧设计／ZUI Factor www.zuifactor.com
设计师／Fredie.L
内页设计／Mirro
内页插画／夏无觞

## 2014年3-4月上海最世文化发展有限公司畅销书排行榜
## ｜TOP25｜

| 排名 | 书名 | 作者 |
|---|---|---|
| 1 | 黄——陪安东尼度过漫长岁月Ⅲ | 安东尼 |
| 2 | 幻城 | 郭敬明 |
| 3 | 夏至未至 | 郭敬明 |
| 4 | 悲伤逆流成河（新版） | 郭敬明 |
| 5 | 天众龙众·伏地龙 | 宝树 |
| 6 | 天众龙众·金翅鸟 | 宝树 |
| 7 | 青春白恼会VOL.8 | 千靥 |
| 8 | 新·山海经 | 申琳 |
| 9 | 红——陪安东尼度过漫长岁月Ⅱ | 安东尼 |
| 10 | 小时代3.0刺金时代 | 郭敬明 |
| 11 | 故乡，或者城市 | 郭敬明 主编 |
| 12 | 临界·爵迹Ⅰ | 郭敬明 |
| 13 | 渣男与真爱 | 孙晓迪 |
| 14 | 这些 都是你给我的爱 | 安东尼 echo |
| 15 | 临界·爵迹Ⅱ | 郭敬明 |
| 16 | 这些 都是你给我的爱Ⅱ·云治 | 安东尼 echo |
| 17 | 愿风裁尘 | 郭敬明 |
| 18 | 17 | 落落 编著 |
| 19 | 西决 | 笛安 |
| 20 | 隔梦相爱 | 冯源 |
| 21 | 小时代2.0虚铜时代 | 郭敬明 |
| 22 | 爵迹·燃魂书 | 郭敬明 等 |
| 23 | 东霓 | 笛安 |
| 24 | 南音（上、下） | 笛安 |
| 25 | 时间之墟 | 宝树 |

www.zuibook.com

ZUI
Zestful Unique Ideal

图书在版编目（CIP）数据

约克公园 / 陈晨著 .-- 武汉：长江文艺出版社，2014.5（**2014. 7 重印**）
ISBN 978-7-5354-5393-8
I.①约… II.①陈… III.①长篇小说 - 中国 - 当代 IV.① I247.5
中国版本图书馆 CIP 数据核字（2014）第 075810 号

# 约克公园

## 陈晨 著

| | | |
|---|---|---|
| 出 品 人\|郭敬明 | 责任印制\|张志杰 | 装帧设计\|ZUI Factor |
| 选题出品\|金丽红　黎　波 | 责任编辑\|赵　萌 | 设 计 师\|Fredie.L |
| 项目统筹\|阿　亮　痕　痕 | 助理编辑\|孙　鹤 | 内页设计\|Mirro |
| 媒体运营\|李楚翘 | 特约编辑\|卡　卡 | 内页插画\|夏无觞 |

出版\|长江出版传媒　长江文艺出版社
电话\|027-87679310　　　　　　传真\|027-87679300
地址\|湖北省武汉市雄楚大街 268 号湖北出版文化城 B 座 9-11 楼　　邮编\|430070
发行\|北京长江新世纪文化传媒有限公司
电话\|010-58678881　　　　　　传真\|010-58677346
地址\|北京市朝阳区曙光西里甲 6 号时间国际大厦 A 座 1905 室　　邮编\|100028
印刷\|三河市鑫利来印装有限公司
开本\|700×1000 毫米　1/16　　印张\|16
版次\|2014 年 5 月第 1 版　　　　印次\|**2014 年 7 月第 2 次印刷**
字数\|180 千字
定价\|26.80 元